講談社文庫

悪足《あ》掻《が》きの跡始末　厄介弥三郎

佐藤雅美

講談社

悪足《あ》掻《が》きの跡始末　厄介弥三郎●目次

悪足掻きの跡始末　厄介弥三郎

人別作り

一

「傘をお持ちになりませんか」

小者《こもの》の嘉助《かすけ》が聞く。都築弥三郎《つづきやさぶろう》は空を見あげた。真冬の空はどんより曇っていて、いまにも降りだしそうだ。

「ぶらさげても邪魔にはならないが」

忘れると兄嫁がうるさい。この前、今年に入って三本もお忘れになられたと、二本なのにけちくさいことをいった。

「いい」

といったところで人の気配を感じ、弥三郎は振り返った。甥《おい》の高丸《たかまる》だ。物陰からじっと様子を窺《うかが》っている。

「なにか用か？」

声をかけると、高丸はなにもいわずにぷいと姿を消した。

「でかける」

嘉助に声をかけて潜《くぐ》りをくぐった。

「いってらっしゃいませ」

嘉助に表まで見送られ、弥三郎は神田川《かんだがわ》沿いの通りにでて淡路坂《あわじざか》をくだった。

甥の高丸は八つだが、五つのときこう話しかけてきた。

「おじさんは厄介《やっかい》だそうですねえ」

子供は正直である。父親と母親、つまり兄と兄嫁がそう話しているのを側《そば》で聞いていて、なにげなく話しかけたに違いないのだが、弥三郎はむっとして、高丸の頭にゴツンと拳骨《げんこつ》を食らわせた。以来、高丸は弥三郎をずっと敵視している。ときには遠くから憎しみを込めた目で見つめている。わたしが家督を継いで当家の主人になったら、お前なんか追いだしてやるといわんばかりにである。

江戸時代の初期から中期にかけて、大名や旗本はしばしば禄《ろく》を子供たちに分け与えて分家させた。譜代《ふだい》大名の分家のみならず、外様《とざま》大名の分家が旗本に数多くいるのはそのせいだ。

だが「たわけ」の語意が、田を次男、三男、あるいは四男に分け与えてその家が疲弊してしまったことから生まれたように、分家を繰り返すのは愚かなこととされ、分家はめっきりへって、次男、三男、あるいは四男は独立する道を閉ざされた。

むろんどこぞの婿養子になれば独立することができた。しかし婿養子の口などめったにない。それに小糠《こぬか》三合あったら婿になるなといわれてきた。なれたとしても婿養子は辛い。

婿養子ではなく、金を払って養子になる手もあった。この時代は、まとまった金を払ってくれるのなら、家督を譲ってもいい、そのほうが安穏に暮らせる、あるいは借金払いができるなどと考える者もいたのだ。しかし御家人の家督（ふつう株といった）でも二百から三百両。相応の旗本の家督となると五百両以上はした。金があっての話で、金がなければどうにもならなかった。

それで、養子になれなければどうなるか。一生、家督を継いでいる兄、兄が死ねば兄の跡を継ぐ兄の倅《せがれ》（甥）の世話になって暮らすしかない。実際そうやっていつしか老いさらばえ、兄の孫や曾孫《ひいまご》に「なんであのお爺さん、家にいるの？」と不思議がられ、また煙たがられて、惜しむ者一人としてなくあの世へという者も少なくなかった。

弥三郎の兄、都築孝蔵《こうぞう》は六百五十石取りとまあまあ禄を食《は》んでいたが、親重代の借金があってゆとりはなく、二十両、三十両の金をつくるのが精一杯。二百両、三百両、五百両などという大金をつくる器量はなかった。それに幸か不幸か、弥三郎に婿養子の口などかかったことがなかった。弥三郎は永遠に兄や、兄が死ねば甥高丸の世話になって生きなければならないという境遇にあった。

幕府役人は公用語に無頓着でかつ無神経だった。俗語をそのまま公用語に使用した。水呑《みずのみ》百姓という。最下級のお百姓のことをいう俗語だが、この「水呑」を幕府役人は公然と公用語として使った。おなじように、弥三郎ら兄もしくは甥の厄介になっている厄介者を「厄介」と公用語にした。なにかがあって、役所の書類に肩書が付されるとき、弥三郎ならたとえば、「都築孝蔵厄介」とされた。

たかが公用語ではないかと、そのことをあまり深く考えない者もいた。だがむっとする者もいた。弥三郎がそうだ。「都築孝蔵弟」でなぜいけないのか。なぜ「都築孝蔵厄介」ということになるのか。なにかしらそこに幕府役人や当主（兄や甥）の底意地の悪さを感じないでもなく、かねがね「厄介」という語に神経をぴりぴりさせていて、つい高丸に大人げなく拳骨を振る舞い、それからというもの、高丸は弥三郎をずっと敵視していた。

「いけない」

弥三郎は空を見あげた。その顔にまた冷たい滴《しずく》がぽつり。弥三郎は周囲を見まわした。

ここは神田川沿い柳原土手《やなぎわらどて》。床店《とこみせ》の古着屋がずらりと軒を連ねており、軒先に使い古しの傘も並べている。

「一本、貰おう」

四文《しもん》を払い、開いてさすと、どこのお店のか知らないが傘に大きな一合枡が描かれてあった。

二

「お早う」

弥三郎は声をかけ、表戸を開け放ったばかりの旅人宿《たびにんやど》山城屋《やましろや》の敷居をまたいだ。

「お早うございます」

小女のまつ が迎えていう。

「今日はみなさん、全員、お役所へおでかけです」

「じゃあ出直すとして、茶を一杯、馳走《ちそう》になろう」

「お待ちください」

まつは台所に消える。

ここは馬喰町《ばくろちょう》二丁目。近くの神田松枝町《まつがえちょう》お玉《たま》ケ池《いけ》には名を知られた剣術の道場がある。北辰一刀流《ほくしんいっとうりゅう》という流派を立てた千葉周作《ちばしゅうさく》の剣術道場だ。弥三郎も厄介とはいえ武家の子。嗜みとして剣術くらいは身につけていなければならない。十六の歳に千葉道場の門を叩いた。

その四、五年後。五、六年も前になるか。兄弟子がこう誘う。

「用心棒の仕事がある。手伝え」

そのころもいまも兄都築孝蔵は小普請《こぶしん》組支配組頭《ぐみしはいくみがしら》という役職に就いていた。御役に就いていない旗本・御家人が配属される八つの組を小普請組といったのだが、小普請組の面々の世話を焼くのが副長とでもいうべき支配組頭で、この御役は威張れることは威張れたが、たいして偉くない、また余禄もない役職で、したがって弥三郎は兄孝蔵から小遣いというのを貰ったことがない。孝蔵にいわせれば、食わせて、着せて、道場にも通わせてやっている。それで十分、不服はなかろうというわけだ。

千葉道場に通っているのはそんな、小遣い銭などろくろく貰ったことがない旗本・御家人の二男、三男といった手合い、つまり「厄介」が多く、したがって顔を突き合わせるとみんな「なにかいい金儲けの口はないか」と口にした。弥三郎もそうで、気の合う兄弟子はだから「用心棒の仕事がある。手伝え」と誘ったのだ。

「やばい仕事なのですか」

弥三郎は聞いた。やばい仕事だったら嫌だというのではない。やばい仕事のほうが金になる。

「やばくはない」

「じゃあたいして銭にはならない？」

「腕のいい大工の一日の手間賃とほぼ同額」

「というと一日五百文」

「ずばり」

たしかにたいしたことはない。

「ただ仕事はまる一月《ひとつき》ある」

「ほう」

と弥三郎はいってつづけた。

「だったら一月で十貫五千文。二両以上になる」

「しかも昼、夜の二食つきだ」

「いただきましょう、その仕事」

といって引き受けた用心棒の仕事というのが、旅人宿山城屋依頼の仕事だった。

出入《でいり》という言葉はやくざ者の喧嘩にも使うが、この時代は民事の公事《くじ》訴訟にも使った。訴訟人が金を返せとか金を払えとかいって訴訟を起こし、相手が受けて立ち、法廷で争う。これを出入といった。

用心棒の依頼人はあくどいことをやっている在の金貸しで、江戸へでてきて、江戸の者を相手取ってその出入を起こしていたのだが、出歩くことが多く、護身にと雇われた。

依頼人はたしかに狙われたことがあった。だが弥三郎と兄弟子の二人がいつも前後にくっついている。約束の期限の一月の間、依頼人が在に帰るまで大事にいたらずにすんだ。

旅人宿山城屋が商用で江戸にやってくる商人や堂社物詣《どうしゃものもうで》（見物）の客を泊めるだけでなく、在からやってくる者の公事訴訟の手伝いをしている、というよりむしろ公事訴訟についてなにやかやと教えて有利に運んでやっている、現代でいうなら弁護士に司法書士を兼ねたような仕事をしていると弥三郎が知ったのはそのときのことで、なにやら金になりそうなネタが転がっていそうに思え、以降、暇があれば山城屋を覗《のぞ》いた。

主人《あるじ》は山城屋弥市《やいち》という、五十半ばのその道の稼業では知られた男で、腕がよかっただけでなく、顔も広かった。あっちこっちから、用心棒まがいの仕事だけでなく、いろんな依頼があって、弥三郎は小遣いには不足しなくなり、いまでは一日に一度、山城屋を覗くのが日課のようになっていた。

「弥三郎さん」

声をかけて弥市が仕事部屋に入ってきた。

「役所へおでかけじゃなかったんですか」

弥三郎は湯飲みを長火鉢の猫板において聞いた。

「ちょっと用足しにでかけただけです」

弥市は旅人宿の組合の行事《ぎょうじ》（役員）を兼ねている。なにやかやと組合の仕事にも忙しい。

「難しい問題なんですがねえ」

といって弥市は神棚を背にして長火鉢の前にすわった。

「たのまれてもらえませんか」

「金になることなら、人殺しと掻っ払い以外はなんでも」

人殺しでも掻っ払いでも金になりさえすればやるかもしれなかった。明日になんの希望もない。弥三郎にかぎらない。「厄介」の心はそれなりにすさんでいた。

「あるお尋ね者がこの宿に身をひそめております」

と部屋には誰もいないのに弥市は声をひそめる。

「お尋ね者といっても、だいそれたお尋ね者ではありません。だがそれでもお尋ね者には違いない。とっ捕まったりすると、厄介なことになる。またその男がお尋ね者になったのには、それなりにかわいそうな事情があってのことで、お願いがあるだと村の人は出府《しゅっぷ》してきてこうおっしゃる。江戸でそれなりに生きていけるように、お尋ね者を江戸の人間に仕立て直していただけませんかと。いかがでしょう」

弥三郎はしばし考えていった。

「人別《にんべつ》（戸籍）をこしらえて、別人になりすませてもらいたいとでも」

「そうです」

思いがけない依頼だ。

「弥三郎さんならできると思うのですがねえ」

五、六年、弥市からあれこれ仕事を依頼されてからというもの、闇の世界や裏の世界などいろんな世界を知った。そこに巣くう連中を使えば案外、簡単なことかもしれない。弥三郎はいった。

「いくらいただけるのです」

「十五両」

そこそこ金を遣わなければならない。

「きびしい」

顔をしかめていった。

「二十両」

「もう一声」

「二十五両」

「いいでしょう」

「では、その男を連れてきます」

歳のころ三十七、八。お尋ね者には見えないしょぼくれた男を、弥市は連れてきた。

三

駿河《するが》の国、東海道は三島《みしま》の宿《しゅく》から御殿場《ごてんば》に抜ける脇往還《わきおうかん》に御宿《みしゅく》という村があり、街道沿いに源《げん》右衛《え》門《もん》の茶屋と呼ばれている茶屋があった。

秋の雨あがりの朝だった。

「お早うございます」

と呼びかけて戸をどんどんと叩く者がいる。

「こんな朝早くに、一体誰だべ」

さして気に留めずに源右衛門の母が、

「あいよ」

と返事をし、心張棒《しんばりぼう》を外して戸を開けた。

「それっ！」

と声がしたかと思うと、槍、長脇差《ながどす》を手にした男たちがどかどかっと入ってきて、土足のまま家にあがり、

「いた、いた」

と声をあげる。

囲炉裏《いろり》が切ってある板の間に、昨夜、一夜の宿を貸した旅人が呆然《ぼうぜん》と突っ立っている。

「やれ！」

頭立《かしらだ》った男が指図する。

「トオ！」

と二人が左右から槍で突きを入れ、旅人が崩れ落ちたところへ、前後からまた二人が、

「エイ！」

と長脇差を振りおろす。

旅人は血飛沫《ちしぶき》を飛び散らせて仰向けにどうと倒れ、しばらくぴくぴくっと顳顬《こめかみ》を震わせていたが、やがてがくっと顎《あご》を突きあげて絶命した。

「婆ア」

頭立った男が、死人の顔を足蹴にして源右衛門の母にいう。

「こいつに連れはいなかったか？」

「この方お一人でごぜえます」

源右衛門の母は震えながら答えた。

「嘘じゃねえな！」

母はちょっぴりむきになっていった。

「嘘をこいてどうするだ」

「それじゃあ、引きあげよう」

頭立った男はそういい、ぞろぞろっと男たちは外へでた。母もつられて外にでた。家に入ってこなかったのもいるらしく、槍、長脇差、それに鉄砲まで担いでいるのが二十二、三人はいる。たいそうな人数で、かつものものしい喧嘩支度だ。

旅人を突いて斬った四人は井戸端で刀や槍の血糊を洗い、頭立った男が、顎をしゃくって御殿場の方に向かった。

「おらあ」

と源右衛門はつづける。

なにはともあれお尋ね者になった経緯《いきさつ》を聞いておきたい。さりとて茶屋など人目のあるところでは聞き耳を立てられる。両国橋《りょうごくばし》を渡ったところの回向院《えこういん》の、誰もいない裏の軒下で、弥三郎は源右衛門から話を聞いている。

「事件があった二日前から行商にでていて、事件の翌日に家に帰って成り行きを知らされ、それはまあぶったまげただが、そのあとなにやかやと具合の悪いことが生じただ」

源右衛門は三十七、八に見えるが、まだ三十二だそうで、赤銅色《しやくどういろ》に日焼けした顔には苦悩の色が浮んでいる。

「五人組、ご存じだべ」

「話には聞いてる。実態はよく知らない」

「百姓を五人ずつ組み合わせて、なにやかやと一緒に義務を負わせるだ」

江戸にも五人組はあるが、江戸の五人組は町役人《ちようやくにん》ともいえる家主《いえぬし》が組み合うもので、在の五人組とは違う。

「それで、差上申す五人組一札の事として、あれこれと三十七項目も御領主様に誓約するだが、その中に一夜宿《いちややど》の禁止という条目があるだ」

「一夜たりとも宿を貸してはならないという条目だな」

「そうずら。行方知れず《ゆきがたしれず》、出家《しゆつけ》、山伏《やまぶし》、比丘尼《びくに》、虚無僧《こむそう》、馬喰《ばくろう》、一人者、他所《よそ》より欠落《かけおち》の百姓はもちろんのこと、たとえ親類縁者知音《ちいん》の好身《よしみ》（誼み）たりとも一夜の宿を貸し申す間敷《まじく》候事とあるだ。おらの家は『水呑』ではなく『高持《たかもち》』だが、田畑《でんぱた》合わせて二石もねえ」

持高が五、六石はなければ並の百姓といえない。

「だから百姓ではとても食えず、農間渡世《のうまとせい》といって百姓仕事はむしろ片手間。行商をしたり、家は脇往還筋にあるだから、酒や煮物などを売って、人も泊めていただ。だから事件が明るみにでると、まずこの一夜の宿を貸していたというのが問題にされる。つぎに」

といって源右衛門はぶるっと身体を震わせる。

「それにしても寒い」

霙《みぞれ》まじりのいまにも雪になりそうな雨が降っている。

「ほかに場所はねえだか」

探し歩くのは面倒だ。

「ない」

弥三郎はあっさりいった。源右衛門は肩をすくめてつづける。

「つぎに旅人の死骸だが、おふくろが名主さんに相談しただ。名主さんは変死人として届けるとなにかと厄介だから、近くの無住《むじゆう》の、お坊さんのいない寺に埋めることにしようということになり、こっそり葬った。だがこれも、変死人があったときには地《じ》頭《とう》（旗本）、領主（大名）の役場に届けて検死を願わなければならないという、お上の申し渡しに違反したことになる。事件が明るみにでると、以上の二つを咎《とが》められることになるわけで、おらたちは戦々恐々としてただ」

雨足が強くなり、弥三郎も源右衛門も跳ねを浴びないように後ずさりして背中を壁にこすりつけた。

「そこへ、事件から三月後のことだべ、韮山《にらやま》のお代官江川太郎左衛門《えがわたろうざえもん》様のご家来衆が連中を御厨《みくりや》（御殿場市）で追い詰めただ」

「連中というと？」

「おらの家に殴り込んで、旅人を即死させた連中だべ」

「何者だったんだ？」

「伊豆《いず》は大場《だいば》の久八《きゅうはち》という大親分の息のかかっているいわゆる長脇差《ながどす》だ」

在ではやくざ者のことを長脇差といった。

「江川太郎左衛門様のご家来衆は伊豆韮山から捕方衆《とりかたしゅう》を動員して、総勢五十人ばかりで追っただが、連中はお上など屁とも思っちゃいねえ。鉄砲、槍、長脇差を構えて応戦する。江川様のご家来衆も負けじと、ドントル銃とかを撃って、それはもう大そうな戦《いくさ》のような捕り物になり、三人が捕まり、一人が即死して、残りは逃げただが、捕まったうちの一人が、御宿村の源右衛門の茶屋で、武州熊谷無宿岩五郎《ぶしゅうくまがやむしゅくいわごろう》の身内惣蔵《そうぞう》を血祭りにあげたと白状におよんで、ひた隠しに隠していた一件が明るみにでただ」

雨は小止みになったようで、源右衛門は腰をおろしてしゃがみ、弥三郎も立て膝をついて腰をおろした。

「それで、おらほうの村は小田原《おだわら》の大久保様のご分家、荻野山中《おぎのやまなか》の大久保様の御領地で、陣屋《じんや》が東海道は沼津《ぬまづ》宿と原宿《はらじゆく》宿の間の松長《まつなが》にあり、江川太郎左衛門様の代官所から通知があって、陣屋から、おらと名主様とに呼びだしがかかっただ。出向けば当然、一夜宿と検死を願わなかったことの二件が問題になる。殺した連中と殺された旅人惣蔵は御支配違い。江戸に呼びだされることだってなきにしもあらずで、そうなると村はたいそうな掛りになる。そこで旅人惣蔵に一夜の宿を貸したのもおら、変死人の検死を願わずに埋葬したのもおらということにして、おらが欠落《かけおち》して一件にけりをつけようということになっただ」

「江戸から御差紙《おさしがみ》がつけられても、当人はいない、欠落したといっていい逃れようというわけだ」

「うんだ。それで、駿豆《すんず》二ヵ国の者は江戸では山城屋さんにお世話になっているだで、というより山城屋さんとは持ちつ持たれつの関係にあるだで、山城屋さんを訪ねろと。名主さんからそういわれて江戸へでてきて、山城屋さんに厄介になっていて、その間に、日限《ひぎ》り三十日、二度の尋《たずね》があっただ」

悪事を働いて欠落した者を、近い親類の者などに日を限って尋ねさせるのを「尋」といった。「お尋ね者」という言葉はこの「尋」から生まれたのだが、近い親類の者であろうと誰であろうと、真面目に欠落者を追ったりはしない。欠落者はだいたいがまんまと逃げおおせた。

だがとはいえ欠落すると無宿（無戸籍）となり、でるところへはでられない。また江戸へでてきても公然と住まったり、商売したりすることもできない。

「そんなわけでこのほど名主さんが江戸にやってこられて、山城屋さんに、江戸に源右衛門の人別をこしらえてやっていただけませんかと。源右衛門は働き者ですから、江戸に人別さえあれば十分に食っていけるはずですからとも」

山城屋弥市は二十五両をはずんだ。おそらく名主は三十両か四十両を用意してきたにちがいない。

「分かった」

弥三郎は相槌《あいづち》を打っていった。

「なんとかやってみよう」

「お願えしますだ」

源右衛門はぺこりと頭をさげる。いつしか雨はあがったようで、雲間から冬の弱い薄日が差していた。

四

「弥三郎様」

小者の嘉助が庭先から声をかける。

弥三郎は目を覚まして雨戸に目をやった。建て付けが悪く、大きな透き間から日が差し込んでいる。

「なんだ？」

寝返りを打って聞いた。

「お殿様が話があると」

「何刻《なんどき》だ？」

「六つ半（午前七時）ぐらいかと」

「分かった。支度《したく》をしたらすぐに出向くといってくれ」

昔は母屋《おもや》で寝起きしていた。千葉道場に通うようになってから、遅くなることもあるので納屋《なや》を改造し、そこで寝起きしていた。だからおなじ屋敷に住んではいても、兄孝蔵夫婦と顔を合わせることはめったにない。

井戸端にでて歯を磨いて洗面をし、着替えて母屋の縁側から声をかけた。

「お呼びですか」

「あがれ」

孝蔵が答える。沓脱《くつぬ》ぎ石に下駄をそろえてあがった。

「おっつけ、ここにはぞろぞろ人が押しかけてくる」

孝蔵は小普請組支配組頭だ。五つ（午前八時）をすぎると、おもに御家人がなにやかやと用があってやってくる。孝蔵の部屋は仕事部屋でもある。

「それまでに話を片づけたい」

「わたしもできたら手短に願いたい」

昨夜は遅かった。できたらいま一眠りしたい。

「相変わらず、夜遊びが盛んのようだなあ」

孝蔵は顔をしかめていう。

「夜遊びが過ぎるほど、金にゆとりはありません」

「ああいえばこういうか。まあいい。今朝はいい争うために呼んだのではない。めでたい話があって呼んだ」

どうせ碌《ろく》な話ではなかろうと思ったが、それでもいくらかの期待をかけて相槌を打つようにいった。

「ほう」

「婿養子の口が見つかった。五十両。五十両、持参金をつけろということで、札差《ふださし》とも話をつけた。五十両は用意する。だから、今日からは外出を控え、家で大人しくしていろ」

「それは有り難うございます。しかし、こんな碌でなしによくも婿養子の口などありましたなあ」

「あっちこっちに口をかけておった。やっとその甲斐があった」

「それで、わたしを婿養子になどという奇特で酔狂なお方はどこのどなたです？」

「本所割下水《ほんじょわりげすい》の二百五十石取りの旗本菅谷三九郎《すがやさんくろう》殿」

「やはり」

「知っておるのか？」

「もちろん」

「なぜ？」

「兄上はご存じないのですか？」

「なにを」

「娘は人三化七《にんさんばけしち》。お化けも顔負けするようなおかちめんこ。それでも人並みに一家を構えられるのなら我慢のしようもあるのですが、菅谷三九郎というのがまたとんだ食わせ者。持参金がなくなると婿いびりをはじめる。これまで二人も婿をとったが二人とも一年ともたずに家をでている。界隈では有名な話です」

「二度婿を迎えられたというのはわたしも聞いて知っている」

「知っていて、わたしに話を持ちかけられた？」

「そういうことではない。そろそろお前も身を固めなければどうしようもないから、話を進めておるのだ。聞くが女は器量か」

「いいにこしたことはないでしょう」

「器量ではない。愛嬌だ。娘はなかなかの愛嬌者と聞いておる。また菅谷三九郎が婿いびりするという件だが、菅谷殿にいわせれば、家風に合うように意見をするだけだと。それを当世の若者は婿いびりと勘違いするのだと」

「ものはいいよう」

「聞くがおぬし、この先も馬喰町二丁目の山城屋という旅人宿に出入りして用心棒まがいの仕事をつづけるのか」

「ほかにやることがありませんのでねえ」

「なにかがあったらどうするのだ。わたしの出世にも差し支える。わたしだっていつまでも小普請組支配組頭でくすぶっているわけじゃない」

「じゃあ、どうしろと」

「だから菅谷殿の婿養子にと」

「婿養子が嫌だというのではありません。ですが菅谷の婿養子だけはまっぴら。誰から持ちかけられた話かは存じませんが、そんな話、乗ったら兄上も大恥を搔きます」

孝蔵は眉をひきつらせていう。

「聞けないのなら勘当だ」

「わたしは厄介ですよ。馬鹿を申されますな」

厄介は勘当も同然の身。

「そうだった。だったら家をでていけ。これ以上、家にいられると迷惑だ」

「おあいにくさま。ただし、まとまった金をいただけるのなら考えてもいい。どうです」

「もういい」

「では」

もう一眠りしようと思ったが気が高ぶって眠れそうになく、弥三郎は腰に二本を差して表にでた。

五

「……というわけです」

事情を説明して弥三郎はいった。

「適当な死人がいたら、そいつをこっそり葬り、生きていることにして、そいつの人別をゆずっていただきたいのです」

「ふーん」

と萬屋《よろずや》久万五郎《くまごろう》は腕を組む。

「その案、都築さんがお考えになったので?」

「そうだ」

山城屋弥市から話を持ちかけられたとき、とっさに思いついた。

「なるほど、そんな手もあるんですねえ」

萬屋久万五郎は二度三度とうなずき、

「分かりました。やってみましょう。ただ、親、嬶《かか》ア、兄弟などを納得させなければなりません。金はどのくらい用意されておられるのです？」

「十五両」

十両は儲けだ。

「きつい」

「いくらなら」

「三十両」

五両の持ちだしになる。

「じゃあ、ほかを当たってみるか」

「ほかって。わたし以外にもそんな頼み事の引き受け手があるんですか」

「心当たりがないこともない」

「どこのどいつです」

「それはいえない」

萬屋久万五郎は万《よろず》引き受けを裏の稼業にしている。たとえば町を歩いていて、懐の紙入を抜きとられたとする。金はあきらめるとしても、中に大事な書き付けが入っていたりして、取り戻したいと思う者もいる。そんなとき久万五郎にたのめば、ことによっては取り戻してくれた。人殺しなどもたのまれれば引き受けているとか。表の顔は大門通り《おおもんどお》に店を構える骨董屋《こっとうや》だが、弥三郎はいつしかこういう男とも知り合うようになった。

「邪魔をした。じゃあ」

弥三郎が腰を浮かすと、

「まあまあ」

久万五郎は引き留めていう。

「本所割下水の菅谷三九郎、ご存じですよねえ」

「ああ」

今朝、兄から婿養子の話を持ちかけられたばかりだが、菅谷三九郎が二度婿をとって、二度とも婿を追い返したという話は、二人の間でも話題にのぼったことがある。

「この前、菅谷三九郎が訪ねてきて、こう話を持ちかけるのです。筑阿弥《ちくあみ》という御数寄屋《おすきや》坊主とさる骨董好きをつれてくる。筑阿弥に見立てさせて、骨董好きに、二度ばかり買わせて五十両ほど儲けさせる。つまり飴玉をしゃぶらせる。そのあと、がらくたを五百両でも千両でもいい、高値で摑《つか》ませる。儲けは三人で山分け。片棒を担いでもらえないかと」

「なかなか手が込んでいる。引っかける相手が骨董好きの大金持ちなら、うまくいくかもしれない」

「ただ、問題は最初にしゃぶらせる飴玉の五十両。これを誰が負担するかです。わたしが負担したら、話はそのままということになって、わたしが騙《だま》されるという結果に終わることだってなきにしもあらず」

「狙いは案外そう、ということもありうる」

「そこで、五十両は誰が負担するのかって菅谷三九郎に聞いたのです。すると近く婿を迎え、婿殿が持参金を持ってくることになっている、それがしが負担すると」

「その婿殿というのは」

まさかこの弥三郎というのではないだろうなあ。

「古川藤左衛門《とうざえもん》という御家人の三男坊藤之進《とうのしん》で持参金は三百両」

菅谷三九郎はあっちこっちに話を持ちかけていたということか。兄孝蔵は菅谷三九郎から、五十両を騙しとられようとしていたのかもしれない。

「それでお調べいただきたいのです。古川藤左衛門という御家人の素性について。また三百両も持参金を持たせる資力があるのかどうか、あるとしてなにゆえ資力があるのかなどについても。いかがでしょう」

「それはお安い御用」

兄孝蔵は小普請組支配組頭。兄の、二人いる家来はそこいらのことに通暁《つうぎょう》している。しかし、

「菅谷三九郎が五十両耳をそろえればいいことで、なにもそこまで探ることはない」

久万五郎は首を振る。

「金にかかわることなら何事も知っていて損はない。なにかのときに役に立ちます」

「そんなものかなあ」

「そんなものなんですよ」

「分かった。じゃあ調べてみよう。古川藤左衛門の住まいは」

「赤坂中《なか》ノ町《ちょう》」

「謝礼は？」

「十五両」

「すると、差し引きさっきの仕事を十五両で引き受けてくれるということだな？」

「そういうことになるようです。たのみましたよ」

「こっちこそ」

六

「せっかく源右衛門を江戸の人間に仕立てなおしていただいたのに」

と山城屋弥市はいいながら、煙管《キセル》に刻みを詰める。ここは弥市の仕事場だ。

「江戸から村に御差紙がついたとでも」

弥三郎は聞いた。

「そうです」

といって山城屋弥市は長火鉢の火に顔を近づけ、ぷかりと煙を吹かしてつづける。

「江戸の公事方御勘定奉行《くじかたおかんじようぶぎよう》池田播磨守《はりまのかみ》様から隠居していた源右衛門の親、永左衛門《えいざえもん》に御差紙がつきました」

御差紙にはただこうとだけ書かれている。

「尋ねの儀これ有る間、一同早々に罷《まか》り出《いで》、相届けるべし、若《も》し不参《ふさん》においては曲事《くせごと》たるべきもの也」

御差紙をつけられたら、とるものもとりあえず、名主など村役人に付き添われて、江戸の勘定奉行所に出頭しなければならない。

「それは甲斐のないことでした」

と弥三郎はいったものの、成り行きに関心はない。十両を儲けて仕事は終わっている。

「ただ、ですねえ。ちょっと心配がないでもないのです」

といって弥市は眉《まゆ》を曇《くも》らせる。

「一件についてですか」

「そうです」

「どんな？」

「源右衛門は一味かもしれないのです」

「一味って？」

「源右衛門の茶屋で殺された惣蔵と惣蔵につながる連中のです」

「源右衛門はしょぼくれた男です。あいつが一味とは考えられない」

「事件のその後についてはご存じですか」

「いいや」

これまたなんの関心もなかった。

「獄門《ごくもん》一人に死罪（死刑）を大勢だしており、逃げまわっているのもまた大勢いて、勘定所は大掛かりに網を張るようになったそうです。ですから親父に御差紙がついたのも、そのことに関連してではないかと」

「だとしたら？」

「一味の源右衛門の人別を江戸にこしらえたということになり、弥三郎さんもただではすまない」

「おいおい」

と弥三郎がいったとき、短日《たんじつ》の日がすうーっと陰って辺りは真っ暗になった。

兄嫁の脅迫

一

「弥三郎」

声をかけられて弥三郎は寝返りを打った。

「弥三郎」

繰り返され、うるさいなあ、と思ったところで目が覚めた。

「わたしだ」

兄都築孝蔵である。兄が物置を改造したこの部屋を訪ねてくるのははじめてだ。

「起きろ」

弥三郎は蒲団《ふとん》から抜けでて雨戸を開けた。夜が明けたばかりで、朝焼けの雲間から日が顔を覗かせている。道理で眠いわけだ。

「なんです。こんなに朝早く」

弥三郎は大あくびをして、咎めるようにいった。

「ほんとは昨夜のうちに話したかったんだが、おぬしは四つ（午後十時）になっても帰ってこなかった。朝はこっちも忙しい。五つ（午前八時）には客がきはじめて公務がはじまる。お前のように年中休日という身体ではないのだ」

「御用は？」

「この前の婿養子の話だ」

「菅谷三九郎のですか？」

「そうだ」

弥三郎は顔をしかめていった。

「菅谷の婿養子だけはまっぴら、といっておいたではありませんか」

「そうはいかない」

「なぜです」

「持参金の五十両を昨日支払った」

「なんですって？」

とたんに眠気が覚めた。

「札差和泉屋《いずみや》に無理をいって五十両を作り、菅谷三九郎殿にお渡ししたのだ」

「わたしに断りなく、なぜそんな真似を？」

「お前のためだ」

「わたしは迷惑です」

「迷惑はこっちだ。この前もお前に、これ以上家にいられると迷惑だと話して聞かせたではないか。それにいずれそのうち、わたしが隠居するなり死ぬなりすると高丸が家を継ぐ。高丸はお前を嫌っておる。大嫌いな叔父さんがおなじ屋敷内にいるのは、高丸にとっても迷惑だ」

「だからいったじゃないですか。まとまったお金をいただけるのなら考えてもいいって」

「だから、というのもこっちの台詞《せりふ》。だから五十両を作って、養子の話をまとめてやったのだ。有り難く思え」

「誰から持ちかけられた話かは知りませんが、そんな話、乗ったら兄上も大恥を掻きます。こういったのを覚えていますか」

「話はまとまったのだ。なんで大恥など掻かねばならぬ」

「菅谷三九郎が二股をかけていたというのを知ってますか。菅谷三九郎のことだ。三股も四股もかけていたのかもしれぬ」

「どういうことだ？」

「赤坂中ノ町に古川藤左衛門という御家人がおります」

「古川藤左衛門？」

　孝蔵はしばし頭を捻《ひね》って、

「知らぬ。古川藤左衛門がどうした」

「赤坂中ノ町界隈ではよく知られている男です。どういう謂《いわ》れがあるのかは知りませんが、甲子《こうし》の晩には銀の小粒を一升枡一杯に詰め、神棚に飾って家内繁栄を願うという商人《あきんど》のような御家人です。というより正体は商人です」

「なにか御役に就いているのか」

「小普請組です」

「支配は？」

「太田因幡守《いなばのかみ》」

　役に就いていない旗本・御家人が所属する小普請組は八つあり、長《ちょう》を支配という。副は支配組頭で、孝蔵は支配組頭の一人。孝蔵の組の支配は高瀬諏訪守《すわのかみ》。

「古川藤左衛門の三男坊に藤之進というのがおります。これが持参金三百両で菅谷三九郎の婿になるというのです」

「そんなはずはない」

「菅谷三九郎自身がそう触れ歩いております」

「婿養子の代金として菅谷三九郎殿に五十両を渡したのは昨日。請取《うけとり》も貰ってある」

「請取には婿養子代金と記してあるのですか」

「そんなこと、記すわけがないだろう。しかし『五十両請け取り候《そうろう》こと実正也《じっしょう》』とたしかに認《したた》めてある」

「じゃあ、ただの請取ですね」

「だからいってるではないか。婿養子の約束を堅く交わしたうえでのことだと」

「伺《うかが》っているのは、証文の書式がただの請取かどうかということです」

「まあそうだ。しかし……」

「だったら、騙《かた》り取られたのですよ」

「そんなことはない」

「証文の書式がただの請取なら、請取を盾に返せと迫っても、なんだかんだと難癖をつけて容易に返さない。町人ならともかく、御武家が、それも六百五十石取りの御旗本が、恐れながらと役所に訴えることもできない。訴えるのは勝手だが大恥を掻く。やはり騙り取られたのですよ」

「聞くが」

孝蔵はあらたまる。

「なんです？」

弥三郎もあらたまった。

「おぬし、古川藤左衛門とやらの三男坊が持参金三百両で菅谷三九郎殿の婿になるとか、菅谷三九郎殿自身がそう触れ歩いているとか、古川藤左衛門は甲子の晩に銀の小粒を入れた一升枡をどうとかしているとか、やけに詳しい。どういうことだ？」

大門通りの骨董屋、裏の稼業は万請負人の萬屋久万五郎から偶然耳にし、いろいろあって、古川藤左衛門について詳しく調べた。古川藤左衛門は元は質屋の次男坊。株を買って御家人になりすましていながら、その実、暖簾《のれん》分けしてもらっていて、実家の名義でちゃっかり質屋を営んでいた。御家人でありながら商人というのが古川藤左衛門の正体だった。だがそんなこと、わざわざ兄に明かすこともない。弥三郎は適当にいいつくろった。

「兄上が菅谷三九郎の婿養子の話を持ちかけてきたからですよ。それで詳しく調べたのです」

「念を押す。古川藤左衛門とやらの三男坊が持参金三百両で菅谷三九郎殿の婿になるという話、間違いないな」

「嘘だと思われるのなら当人に聞かれればいい」

「そうか。そうだな」

孝蔵の顔から、いつしか血の気が引いている。

「では、これからすぐさま菅谷三九郎殿を屋敷に訪ねる。おぬしは家で待っていろ」

「わたしは忙しい。仕事は山ほどある」

「おぬしの申すとおりなら、たしかにわたしは五十両を騙り取られたことになる。五十両は大金だ。待っているくらい、なんともないだろう」

目も吊りあがっている。

「では、今晩ということにしてください」

弥三郎はゆずった。

「ならば今夕。暮れ六つ（午後六時）前」

暮れ六つまでに帰ったことなどない。が、まあ、仕方がないか。兄も必死なのだ。

「分かりました。暮れ六つ前には帰っていましょう」

孝蔵は踵《くびす》を返して台所に向かう。

ぷーんとお汁《つけ》の匂いが風に乗ってきた。朝の、作ったばかりのお汁など、もう何年もすっていない。外ですするのは、味噌が入っているのかいないのか分からない、煮詰めたまるで塩汁。ごくりと生唾《なまつば》を飲み込んで、弥三郎はでかける支度をはじめた。

二

兄孝蔵は婿養子という話に飛びついて、菅谷三九郎から五十両を騙り取られた。菅谷三九郎は一筋縄ではいかない。ちょっとやそっとでは返しそうにない。それで、たとえ兄の狙いが弟を厄介払いすることにあったにしても、弟として見過ごしにしていいのか。いいわけがない。そういえば菅谷三九郎は萬屋久万五郎におかしげな話を持ちかけている。とりあえず、そっちの様子を探っておこう。

弥三郎はそう考えて、萬屋久万五郎が店を構えている大門通りに足を向けたのだが、馬喰町二丁目の山城屋は途中にある。山城屋には、毎朝顔をだすのを日課にしている。

「お早う」

と声をかけて、弥三郎は旅人宿山城屋の敷居をまたいだ。

主人の弥市が眼鏡《めがね》越しに顔をあげる。いつのころからか弥市は老眼鏡《ろうがんきょう》をかけるようになっていた。弥市は老眼鏡をはずしていう。

「昨日、源右衛門の親永左衛門と、付き添いの名主が連れ立ってやってきました」

挨拶《あいさつ》だけのつもりだったが、そういえば源右衛門の一件も気になる。弥三郎は長火鉢の前に腰をおろしていった。

「山城屋さん、あなたはこの前、源右衛門の親に御差紙がついたといってこうおっしゃった。源右衛門は、源右衛門の茶屋で殺された惣蔵や、惣蔵につながる連中の一味かもしれないと」

「たしかにそう申しました」

「事件のその後については、獄門一人に死罪を大勢だしており、逃げまわっているのもまた大勢いて、勘定所は大掛かりに網を張るようになった。親に御差紙がついたのは、そのことに関連してではないでしょうかとも。そうでしたね」

「いいましたよ」

「そうしてさらにわたしを脅すように、一味の源右衛門の人別を江戸にこしらえたことになると、弥三郎さんもただではすまないともいわれた」

「ええ、ええ」

「一件は一体、どんな事件なのです？」

「わたしもなにやかやと気になりましてねえ。こうやって関連書類を掻き集め……」

と脇においている書類の束に目をやり、

「繰り返し、読んでおったところなのです」

山城屋弥市らは司法関係の役所に顔が利く。書類でもたいがいの物なら、手をまわしてたやすく写しを手に入れていた。

「勢力富五郎《せいりきとみごろう》の事件はご存じですか？」

弥市がいう。

「同門の先輩が絡んでおりました。あの事件はようく存じております」

浪曲や講談に登場する『天保水滸伝《てんぽうすいこでん》』の笹川繁蔵《ささがわのしげぞう》方の食客平手《しょっかくひらて》（実は平田《ひらた》）造酒《みき》はたしかに実在した。また、たしかに神田お玉ケ池の千葉周作の千葉道場で免許皆伝《めんきょかいでん》だった。弥三郎は平田造酒の後輩で、親しくはしていなかったが、稽古は何度かつけてもらったことがある。

平田造酒は浪人者の倅で、江戸では満足に食うことができなかった。流れ流れて利根川沿い笹川河岸の博奕打《ばくち》ち、笹川繁蔵の客分《きやくぶん》となった。そのころ繁蔵は、飯岡《いいおか》村の網元助五郎《すけごろう》という二足の草鞋《わらじ》を履く男となにかと角突き合わせていた。助五郎は笹川方へ殴り込みをかけた。そのとき、平田造酒は膾《なます》に斬り刻まれるようにして死んだ。そう、江戸まで聞こえてきて、弥三郎は平田造酒の死を知った。

笹川繁蔵と飯岡助五郎の対立はその後もつづき、助五郎の子分が繁蔵を闇討ちして首を掻き切った。繁蔵の子分に、相撲取りあがりの勢力富五郎という男がいた。富五郎はもともと度外れた無法者だった。仇《かたき》を討つより、無法を働いているほうがよほど性《しよう》に合っているといわんばかりに、繁蔵の死をきっかけに、干潟《ひがた》八万石といわれている一帯で無法の限りをつくした。

公儀も放っておけず、八州廻《はつしゆうまわ》りが近郷近在の百姓や猟師を総動員して、富五郎を追った。富五郎は愛宕山《あたごやま》という山に逃げ込んだ。山は囲まれ、逃れずとみて富五郎は鉄砲で自害した。一年前の四月のことで、無法者が公儀をも恐れず、悪の限りをつくしたという、一帯の者ばかりでなく、公儀をも震撼させた事件だった。

「国定《くにさだ》村の忠次《ちゆうじ》の一件は？」

弥市はさらに聞く。

「上州で、国定村の忠次という無法者が、やはり暴れまわっているという事件でしょう。忠次は捕まったのですか」

「まだです」

と弥市は首を振って、

「忠次は富五郎ほどの無法者ではありませんが、やっていることにさほど違いはない。お上を恐れず、無法の限りをつくしている。これらの書類にある一件もおなじです。東に勢力富五郎の一件、北に国定忠次の一件とあって、西にこれらの書類の一件。江戸の町はまあまあ平穏無事におさまっておりますが、一歩外へでると、恐ろしげなことになっております。大きな声じゃいえませんが」

と弥市は声を細める。

「大公儀《おおこうぎ》の御威光も地に落ちたというしかありません」

弥三郎は話題を引き戻した。

「書類にあるのはどんな一件なのです？」

「そうそう。武州熊谷《ぶしゆうくまがや》に、田中《たなか》村の岩五郎《いわごろう》、通称を田中の岩という、三十人ばかり子分を連れている無法者がおります。この子分の一人、住所不知《しれず》（不定）の吉左衛門《きちざえもん》という男がちょっとしたいざこざで、おなじく住所不知の半兵衛《はんべえ》という男を殺した。駿《する》河《が》の国での出来事だったらしいのですが、半兵衛は伊勢松坂《いせまつざか》の男で、伊勢古市《ふるいち》で顔を利かせている丹波屋伝兵衛《たんばやでんべえ》という後ろ盾がいた。この丹波屋伝兵衛は元は伊豆の住人で、伊豆の顔役大場《だいば》の久八《きゅうはち》と、女房どうしが姉妹という縁もあって親しくしていた。そこで久八が助っ人を買ってでて、田中の岩と真っ正面から事を構え、ともに、腰に長脇差をぶち込み、槍、鉄砲を担いでの追っかけっこがはじまった」

江戸でも博奕打ちなどは党を組み、親分・子分の世界を作っているが、江戸は公方《くぼう》様のお膝元。遠慮がある。腰に長脇差をぶち込み、槍、鉄砲を担いでの出入（抗争）などというのはさすがにない。

弥市はつづける。

「武州熊谷と駿豆《すんず》二国は遠く離れておりますが、秩父《ちちぶ》往還と籠坂峠《かごさかとうげ》越えの脇往還が甲《こう》州《しゅう》で繋《つな》がっておりますから地続きのようになっている。そこで、互いに相手を追っかけて、熊谷、秩父往還、甲州、籠坂峠越えの脇往還、駿豆二国と、あちらこちらをうろつくようになった。そしてまず、田中の岩の息がかかっている、金五郎《きんごろう》という男が三島宿で、大場の久八の一味に殺された。つづいてその四ヵ月後、去年の八月二十一日のことです。源右衛門の茶屋が襲われて、無宿惣蔵がやはり久八の一味に殺された。なんでも惣蔵は金五郎の兄貴分になるそうです」

「大場の久八としては、伊勢松坂の半兵衛の仇を討ったということになるわけですね」

　弥市はうなずき、

「そうと知って、田中の岩の一味は負けじと血眼《ちまなこ》になり、久八の一味を追った。久八の一人で、惣蔵殺しにもくわわっていたのに駿東郡植田新田《すんとうごおりうえだしんでん》の安蔵《やすぞう》という男がいたと分かった。田中の岩の一味は、安蔵の家に押しかけた。安蔵は家にいず、親の善七《ぜんしち》が家にいたので、これを強請《ゆす》った。善七は一文も持ち合わせていなかった。そこで善七をあちらこちらと連れまわし、善七の知り合いを強請ってまわるという、追い剝《は》ぎ同然のことをやった。被害に遭った一人に、駿東郡一本松新田《いっぽんまつしんでん》の源兵衛《げんべえ》という百姓がいた。一本松新田は伊豆韮山の代官江川太郎左衛門様支配のご領地。江川太郎左衛門様としては放ってはおけない。手代《てだい》の柏木総蔵《かしわぎそうぞう》さん以下を総動員して、ただちに追っかけた。すると、田中の岩の一味ではなく、相手側の大場の久八の一味が網に引っかかった」

「その件は源右衛門からこう聞きました。江川太郎左衛門様のご家来衆と大場の久八の一味が激闘して、三人が捕まり、一人が即死して、残りは逃げたと」

「逃げたのは一人です。合計五人ですから、そのとき一味はいくつかに分かれておったのでしょう。片割れが網に引っかかったというわけです。それで、捕まった者の一人が無宿惣蔵殺しを白状して一件が明るみに出、村は一件に関わらないですむように源右衛門を欠落させた。にもかかわらず、親の永左衛門に御差紙がついた。ですからこの前あなたにもいったように、源右衛門も田中の岩の一味かもしれない、親の永左衛門に御差紙がついたのはそのせいではないかと疑って、書き付けを掻き集めて繰り返し読んでおったのです。これ、これ」

と弥市は紙縒《こよ》りで綴じたのを手に取る。

「これは江川太郎左衛門様の『悪党ども召捕、或は討ち果たし候始末、幷《ならび》に私出張に付き、先《ま》ず御届け書』という書き付けの写しなのですが、こうあります。『私工夫のドントル銃』。工夫というのは連発式にしたことだそうです。ドントル銃を『腰だめにて打ち放し候ところ、たちまち一人打ち倒し候折り柄云々』。連発式のドントル銃を腰だめにて打つというのです。まるで戦《いくさ》です。しかしそれでも江川太郎左衛門様はそのほかの者を捕まえることができなかった」

「獄門一人に死罪大勢は誰が捕まえたのです」

「正確にいうと、獄門が二人に死罪が十六人ですが、江戸でもこの抗争には頭を痛めていて、早くに、八州廻りに捕縛を命じていた。八州廻りは、田中の岩の一味が秩父山麓青山《あおやま》村に潜んでいるというのを聞き込み、田無《たなし》、越生《おごせ》、青梅《おうめ》、所沢《ところざわ》、飯能《はんのう》など寄《よせ》場《ば》親村《おやむら》十二ヵ村の村民千二百人、猟師二百人を狩り出して取り囲んだ。連中はそうと察知し、直前に秩父を山越えして甲州に逃げた。そこで今度は、甲斐《かい》一国を支配する勤番《きんばん》支配に捕縛が命ぜられ、彼らがまた甲州のお百姓を総動員して山狩りをやり、田中の岩の一の子分、石原《いしはら》村の幸治郎《こうじろう》ら十八人を捕まえた。それで昨年の暮れ、早々と幸治郎ら二人は獄門、残りは死罪ということになったのですが、親分の田中の岩ら十数人は逃げたまま。まだ捕まっておりません。大場の久八らもです」

「源右衛門は田中の岩の一味と分かったのですか?」

「幸治郎ら十八人は獄門や死罪になる前にあれこれ調べられたのですが、源右衛門が一味だったとは申し立てておりません。ですが、気になることをいっておるのです」

「なにをです」

「殺された惣蔵だけでなく、田中の岩の一味も駿豆二国に出向くときは、御宿村の源右衛門の茶屋を利用していたと」

「源右衛門は惣蔵に一夜の宿を貸しただけといっておりました」

「源右衛門の茶屋は一味の常宿だったのです」

「だったら、源右衛門がやつらの一味ではなくとも、惣蔵だけでなく、田中の岩と親しくしていたというのは十分に考えられる?」

「そうなのです。しかも久八の一味は、惣蔵を殺したあと、源右衛門はどこだ、と聞いているのです」

「源右衛門自身はこういっておりました。久八の一味は仰向けに倒れている惣蔵の頭を足蹴にして、こいつに連れはいなかったかと聞いたと。源右衛門はどこだ、と聞いたとはいっておりません」

「そこが違うのです。久八の一味はつづけて、源右衛門はどこだ、と聞いているのです。ということは、源右衛門は田中の岩の一味ではなくとも、少なくとも久八の一味は、源右衛門を田中の岩の一味同然に思っていたということになります」

「なるほど」

「それでさらにおかしなことに、源右衛門はどこだ、と聞かれて、母親は、源右衛門は駒門《こまかど》という村へ花火見物にでかけていて、帰ってきておりませんと答えたのだそうです」

弥三郎は首を捻った。

「源右衛門自身は、事件の二日前から行商にでていたといっておりました」

「わたしもそう聞いております。そこで今朝、親の永左衛門に聞いたのです。本当はどうだったのですかって。永左衛門は、とぼけているのかどうなのか、源右衛門は行商にでておりましたと。母親が久八の一味に、駒門という村へ花火見物にでかけていて、帰ってきておりませんと、たしかにいったのであれば、これまた、行商にでていたと嘘をつかなければならないなにかがあったことになります」

「なにかとは、たとえば？」

「源右衛門は行商にでていたのでもなく、花火見物にでかけていたのでもなければ、一味のためになにか役割を担って動いていた……」

弥市は歳のころ五十の半ば。このところ目立って増えている皺《しわ》を額に集めてつづける。

「それでつらつら考えてみるに、そもそも江戸に人別をこしらえてもらいたいという要望が、おかしいといえばおかしかった」

「名主が出府してきて山城屋さんにお願いした理由は、源右衛門がお尋ね者になったのにはそれなりにかわいそうな事情があってのことで、源右衛門は働き者ですから、江戸に人別があれば十分に食っていけるはずですというものでした。そうですね」

「そうなのですが、考えてみればそんなことで三十両などという大金をはたくものでしょうか」

弥三郎が弥市から受け取ったのは二十五両。五両は弥市が懐に入れていた。

弥三郎は聞いた。

「そのこと、なぜ三十両もの大金をと、当の名主と親永左衛門に質《ただ》さなかったのですか？」

「質しましたとも」

「なんと？」

「三十両は父親永左衛門が工面したと」

「源右衛門の家は持高二石に欠ける。水呑同然の百姓です」

「農間渡世で茶屋営業をしており、そのうえ源右衛門も永左衛門も行商をしていたから、三十両くらいの金は貯えてあったのだと」

「へーえ」

「ですが素直には受け取れません。田中の岩は甲州から信州《しんしゅう》に逃げたといわれていますが、こっそり身を隠すのに相応《ふさわ》しい場所はというと、在から大勢の者が流れ込んできている、隣はなにをする人ぞで近隣の者にはまったく無関心な江戸ということになります。田中の岩は江戸へ逃げ込もうと考え、念には念を入れて、永左衛門に三十両を渡し、源右衛門の人別を江戸に作らせた、ということだって考えられます。そうしておけば源右衛門の家で平然と暮らすことができます。月々の人別の調べでも、源右衛門の召仕《めしつかい》だとか、在からの出居衆《でいしゅう》だとかにしておけば怪しまれずにすむ」

「田中の岩が江戸へ逃げ込む……ですか。意外と盲点かもしれませんねえ」

「そこでまた懸念されるのは、田中の岩は勢力富五郎や国定忠次と肩を並べる無法者だということです。そんな男が長屋でくすぶっているなどということはありえない。いずれ、なにかをやらかす。すると源右衛門のことも、弥三郎さんが源右衛門の人別をこしらえたことも明らかになる。人別をこしらえるというのは謀書謀判《ぼうしょぼうはん》です。弥三郎さんは引き廻しの上獄門。話を持ちかけたわたしもただではすまない」

　謀書とは証書の偽造変造。謀判とは印章の偽造変造。江戸の社会は信用で成り立っている。信用を破壊する者は厳罰をもって報いられた。

「引き廻しの上獄門……ですか。くわばらくわばら」

「そのうえにわたしは、自前の地面に建物をそっくり失う。女房と四人いる子供とお袋は路頭に迷う」

「十両儲けてえらく得をしたつもりでおりましたが、とんだ安請合《やすうけあい》をしたことになる？」

「わたしもです。もっと慎重に考えなければいけなかった」

「それじゃあ、とりあえずこうしましょう。山城屋さんは親永左衛門に目を配っていてください。山城屋さんの推測どおりなら、永左衛門はこっそり田中の岩と繋ぎをつけるかもしれない」

「そうします」

「わたしはおりにつけ源右衛門に目を光らせておきます。同居するなどという者がいたらなおさらです」

「それで、たしかに田中の岩と繋ぎをつけているというのが分かったり、田中の岩が同居していたとしたら？」

「二人ともこっそりあの世にいってもらいます」

「そうしてもらえると助かります」

「むろん山城屋さんにも相応の負担はしていただきます」

「覚悟しております」

「さてと」

と弥三郎は立ちあがった。

三

「例の一件、どうなった？」

弥三郎はいきなり切りだした。

「例の一件といわれてもねえ」

萬屋久万五郎は首を捻って苦笑する。

「あれこれ一杯あります。にわかには思い当たりません」

「菅谷三九郎が持ちかけてきた一件だよ」

「ああ、あれね。あれは打ち合わせどおり、筑阿弥という御数寄屋坊主が骨董好きを連れてきたから、五十両には売れる古伊万里《こいまり》の壺を三十両で売ってやりました」

「差額の二十両は、菅谷三九郎からいただいているんでしょうねえ」

「さあ、それですよ。明日持ってくる、明後日持ってくるで、まだ持ってきません」

「久万五郎さん、あんた、三九郎に引っかけられたんじゃないの」

「三九郎が持ちかけてきた今度のお芝居が五百両の儲けになるとして、三人で山分けしても百六十両にはなるからと、欲があるものだから引っかけられたとは思いたくないんですが、でも二度目の仕込みのときには差額を先にいただいてからにします」

「そういえば、三九郎がいっていた婿養子の持参金三百両。あれはどうだったんだろう。三九郎はどういってた」

「懐に入ったって、いってましたよ」

「じゃあ、差額の二十両など、すぐにも払える」

「湯屋株のいいのがあったからつい買ってしまったって。嘘か本当かは知りませんがね」

「ご免」

声をかけて男が店に入ってくる。

「噂をすれば影だ」

久万五郎がささやく。

「三九郎か？」

弥三郎は小声で聞いた。

「そうです」

「まずい。聞かれたら、わたしの名はいいかげんに」

「分かりました」

久万五郎はうなずいて、菅谷三九郎に話しかける。

「いらっしゃいませ」

「うむ」

と答え、三九郎は上がり框《かまち》に腰をおろす。蟇《ひきがえる》を踏み潰したような、守銭奴《しゅせんど》と評判に違《たが》わぬ面《つら》をしている。

弥三郎は骨董を買いにきて品定めをしているという風をよそおい、それとなく三九郎の様子をうかがった。

三九郎は紫の袱紗《ふくさ》包みを懐からとりだし、畳の上において開く。

「差額の二十両だ。たしかめろ」

「これは、これは」

久万五郎は一枚、二枚と数えていう。

「たしかに」

三九郎がちらっと視線を送ってきて、弥三郎は視線をそらした。三九郎は声を落とす。

「また近々、筑阿弥殿が訪ねてまいる。抜かりなく」

「承知しております」

「それから、娘が近く婿殿を迎えるという話、して聞かせたのう」

「古川藤左衛門様の御三男坊藤之進様をでございましょう」

「さよう。だから」

と菅谷三九郎はさっと手を伸ばし、久万五郎の目の前の小判一枚を素早く摘まんで、

「これは祝儀にいただいておく」

「そ、それは」

久万五郎があっけにとられているが、三九郎は何事もなかったかのように、

「では」

と腰をあげ、すたすたと店をでていく。久万五郎は弥三郎を振り返っていう。

「世の中にはえらいお武士《さむらい》さんもいるものです」

「まったくだ」

「ところで弥三郎さん、あなたは、まずい、聞かれたら、わたしの名はいいかげんに、とおっしゃった」

「うむ」

「なぜです」

「それはいずれ。失礼する」

弥三郎も腰をあげた。

四

菅谷三九郎が持参した二十両は兄孝蔵からのもののようである。兄は五十両を取り戻しそこねたのだ。三九郎は兄を適当にあしらって、そのうちの二十両を懐にやってきたのだ。それで、こうなればいよいよ兄の仇を討たねばならぬのだが、どう討つ。兄の無念をどう晴らせばいい。

そんなことを考えていたら、いつしか家に着いていた。

「お帰りなさいませ」

小者の嘉助が潜をくぐったところで出迎えていう。

「お殿様が部屋で待っておられます」

いまとなってみれば、会って話をするのはむしろ望むところ。

弥三郎は兄孝蔵の部屋の縁側から声をかけた。

「弥三郎です」

「待っていた。あがれ」

弥三郎は雪駄《せった》を沓脱ぎ石に脱いであがった。

「あれから、すぐに菅谷三九郎殿を本所割下水の屋敷に訪ねた」

さんざんの首尾だったのだろうが、いちおうは聞いた。

「どうでした？」

「おぬしはあれこれおかしなことをいったが、三九郎殿はありえないことですと一蹴された」

菅谷三九郎は、目の前で、古川藤左衛門の三男坊の婿養子の話をしていた。

「とぼけてるんですよ」

「たしかに婿養子の話はあちらこちらに持ちかけており、仰せの赤坂中ノ町の古川藤左衛門殿の三男坊殿との話もござった。されど子細がござって、あの話は流れ申したといっておられた」

話が流れて持参金の三百両が入らなかったから、萬屋久万五郎に二十両を詰められずにいた。そして昨日、兄から五十両を受け取ったので、今日、二十両を萬屋久万五郎方に持参した……。そういうことなのか。いや、しかしそれはおかしい。だったら、久万五郎に話は流れた、二十両はしばし待ってくれといえばいい。なにもわざわざ湯屋株を買ったなどと嘘をつくことはない。

弥三郎はいった。

「菅谷三九郎はしたたか者。兄上は騙されているのです。その場しのぎの嘘をつかれて、五十両をふんだくられようとしているのです」

「わたしがいいくるめられて帰ってきたとでも申すのか」

孝蔵は目を三角にしてつづける。

「わたしの目が節穴とでも申すのか」

「騙されていることに違いはない」

「馬鹿者！」

孝蔵は怒鳴っていう。

「かりにも古川藤左衛門の三男坊の話が耳に入った以上、わたしとしても、はいそうですかとは引きさがれない。弥三郎を婿養子に迎える証《あかし》を見せていただきましょう。こう申すと三九郎殿は、お安い御用、明日にでも我が家へ婿殿を同道してこられたい、娘を引き合わせましょう、なんでしたら祝言《しゅうげん》の日取りも取り決めましょうと」

「なんですって？」

「これでもわたしが騙されていると申すのか」

そもそも、菅谷三九郎の婿養子などまっぴらという話だった。それがなぜ祝言などということになる。

「娘は人三化七とお前は申した。見たのか？」

「見たことはありません。人がそう申しておるのです」

「おそらく三九郎殿の容貌から想像しての評判だろう。お娘御はごくふつうの顔立ちだ。いやむしろ美人の部類といっていい」

「会われたのですか」

「ああ。茶と菓子を運んでくれた。礼儀作法も申し分なかった。よいな、明朝、家を五つ半（午前九時）にでる。きちんと髪月代《かみさかやき》をしておくのだぞ」

話の筋がどこかで狂ってしまった。元に戻さなければならない。

「そもそもわたしは、菅谷三九郎の婿養子の話などまっぴらといったはず」

「弥三郎殿」

声がかかって唐紙《からかみ》がすうーっと動き、兄嫁が膝をすすめて入ってくる。

「はしたのうございますが、わたしも気になります。隣の部屋で成り行きを窺《うかが》っておりました。殿様は本当にあなたのためを思い、無理をなさって五十両を作り、話をまとめあげられたのです。あなたは殿様のご厚意を無になさるおつもりなのですか」

「そうではありません。菅谷三九郎の婿養子だけはまっぴらといっておるのです」

「これまた伺っておりますと、あなたはお娘御に会っておられない。殿様によると、お娘御はむしろ美人で礼儀作法も申し分ないそうじゃないですか」

「器量のことをどうこういっているのではありません」

「弥三郎殿は好き勝手に、こういってはなんですが放蕩無頼《ほうとうぶらい》の暮らしをつづけておられる。そうですね」

「わたしも食わねばなりません。食うために頑張っているだけです」

「いまの生活をつづけられると、火の粉が飛んで、我が家は改易《かいえき》などということにもなりかねません。そこら辺りも少しはお考えください」

火の粉が飛んで改易か……。ありえなくもない。

「それに、お見合いの約束まで交わしてこられた殿様の立場はどうなるのです。ことによっては五十両も無駄になるかもしれないのですよ。そうまでしてあなたはこの家に居つづけて、わたしたちを困らせたいのですか。苦しませつづけたいのですか」

まるで脅迫だ。

「どうなのです！」

兄嫁の金切り声に、弥三郎は思わず口走ってしまった。

「分かりました。明日、同道すればいいんでしょう。同道すれば」

眉間の皺

一

どうしてこんなことになってしまったのだろう?

弥三郎は首をひねりながら兄都築孝蔵の後につづいている。孝蔵は僕《ぼく》として小者の嘉助を従えているから、正確には二人のあとをだ。

ヒュウ。

身を切るような寒風が頬を叩いて、弥三郎は首をすくめた。遮《さえぎ》る物のない両国橋の上で、橋を渡ると本所。菅谷三九郎の住む割下水は本所のまん真ん中にある。

弥三郎はなにかと悪評のある菅谷三九郎の婿養子になど、なる気はてんからなかった。それが、ああでもない、こうでもないと兄孝蔵とやり合っているうちに、二度も養子を迎えている、中古《ちゆうぶる》の娘とご対面ということになってしまった。成り行き次第で、祝言の日取りまでとり決めてしまうのだという。

むろん一夜明けたいまでも得心がいっているわけではない。冗談じゃあないと思っている。だが、話をぶち壊せそうな理屈を思いつかない。

待てよ、と孝蔵の背中を見た。

なにも、後ろをのこのこくっついていくことはない。逃げるというのはどうだ。しかしすると以後、孝蔵とは縁が切れる。浪人者として渡世しなければならない。たとえ旗本都築孝蔵の厄介であれ、旗本の次男坊という立場は都合がよかった。人はそれなりに信用してくれた。敬意も払ってくれた。浪人都築弥三郎となると世間の目は厳しくなる。毎月店賃《たなちん》を払って、三度三度飯を食っていくのは辛いぞ。食っていけるのか。いけるだろう。野垂れ死にするようなことはあるまい。

つらつら考えてみるに、兄、兄嫁、甥の一家全員に嫌われているのに、未練がましく家にへばりついているのがそもそもおかしい。この辺が潮時だ。橋を渡り切ったら、向う両国にもある広小路《ひろこうじ》にかかっている、百日芝居《おででこ》の芝居小屋にでも潜り込んで身をくらまそう。むしろいまがいい機会だと思おう。

孝蔵と供の嘉助は両国橋を渡り切った。芝居小屋は木戸銭《きどせん》を払わなければならない。手間取る。とりあえず、芝居小屋の陰に身をひそめてからにしよう。弥三郎は息を殺した。

いまだ。

「弥三郎」

孝蔵が声をかけて振り返る。腹の中を見透かしていたかのようで、弥三郎はぎくっとしたがさりげなくいった。

「なんです」

孝蔵は並びかけていう。

「祝言の日取りだがなあ」

なにが祝言だと思ったがとぼけていった。

「急ぎすぎじゃないんですか」

「おぬしの話によると、菅谷三九郎殿は赤坂中ノ町の古川藤左衛門殿の三男坊のほかにも、あちらこちらに声をかけていたのだという。ほかから話が割り込んでこないうちに、早くまとめあげよう」

「じゃあ、まあ、お好きなように」

適当にいった。

「支配の高瀬諏訪守殿は御勘定奉行から転じてこられた人で、あちらこちらに顔が利く。おぬしが菅谷の跡取りになったら高瀬殿にたのんで、すぐさまおぬしを両御番に御番入させていただく」

御書院番《ごしょいんばん》、御小姓組番《おこしょうぐみばん》を両御番といい、旗本は両御番のほか、大坂城勤務となる大《おお》御番《ごばん》の三つの組のどれかに御番入するのを踏み台に、出世の階段をあがっていった。御番入は、旗本のいわば栄えある登竜門《とうりゅうもん》だった。兄孝蔵も御小姓組番に御番入し、御《お》使番《つかいばん》に転じて、いまの小普請組支配組頭という御役に就いていた。

「御番入ですか」

弥三郎はつぶやくようにいった。

部屋住みにとっては望むべくもない役職だが、部屋住みだって一度は御番入を、果たせればいいなあと考えたことがある。弥三郎もだ。御番入といわれると、だからなにがしか心を揺さぶられたが、それにはあの蟇を踏み潰したような面の菅谷三九郎の婿にならなければならない。考えただけでも身の毛がよだつ。

「それもこれも弟思いのわたしのお陰だ。これからは悪態などつくことなく、わたしには十分に礼をつくすのだ。いいな」

孝蔵が押しつけがましくいい、

といって、弥三郎は後ろにさがろうとするのだが、孝蔵はぴたりと横に寄り添って離れない。

「それにしても、まあよく家が立て込んでいるものだ」

孝蔵は辺りを見まわす。

江戸には旗本・御家人が密集している地域が少なくないが、ここ本所割下水の一帯にはおもに御家人が密集して住んでいた。

御家人はだいたいが百俵取り以下。御役に就いている者は少なく、例外なく貧乏に悩まされていた。したがって身持ちの悪い不良御家人も少なくなく、ここ、御家人が軒を連ねている本所割下水は、不良御家人の溜り場のように世間には思われていた。

菅谷三九郎は御家人ではない。二百五十石取りの旗本だが、そんなところ、本所割下水に居を構えていたせいかもしれない。不良御家人に負けない不良旗本になって、悪評は弥三郎らの耳に入っていた。万引き受けを裏の稼業にしている、大門通りの骨董屋萬屋久万五郎と騙りの打ち合わせをしているのをその目でも見た。

「ここだ」

孝蔵は足を止める。

「はい、はい」

割下水というのは地名ではない。東西に堀を割って、排水路を二本、北と南に作ったところからつけられた俗称で、孝蔵が足を止めたのは北割下水と南割下水のほぼ中間とおぼしき辺り。

「ご免」

声をかけて、孝蔵は枝折戸《しおりど》を押して中に入った。門はない。枝折戸が門のかわりだ。あれこれ悪さをしているわりには蓄財の能力がないのか。門を普請する金にも事欠いているのか。それとも、外見や体裁など構わず、ひたすら溜め込んでいるのか。取り次ぐ小者もいないようで、式台もない玄関の前に立って、孝蔵は声をかける。

「菅谷殿」

真冬だ。戸は締め切ってある。応答はない。孝蔵は声を高めて、いま一度呼びかける。

「菅谷殿！」

奥で物音がし、引き戸が開けられた。

「これは、これは」

蟇が顔をだしていう。

遅かれ早かれ顔を突き合わせ、おや、どこかでお会いしましたなあ、と菅谷三九郎は気づくことになるのだが、弥三郎はなんとなく顔を伏せた。

「婿殿もご一緒でござるな。さ、さ、おあがりなされ」

菅谷三九郎はすすめる。

「されば」

と孝蔵がいい、雪駄を脱いであがり、弥三郎に目配せする。弥三郎も孝蔵につづいて玄関をあがった。

菅谷三九郎が直々《じきじき》に迎えるところを見ると、小者もそうだが下女も抱えていないらしい。柱といい、建具といい、安普請だ。悪知恵は働くが、蓄財能力は欠けていると見たほうがいいのかもしれない。いや、だから持参金つきの婿を二度も追いだしたり、萬屋久万五郎に、あやしげな儲け話を持ちかけたりしているのだ。

「中へ」

障子《しょうじ》を開けて、菅谷三九郎はすすめる。

三九郎は違い棚のある床を背に、畳にじかにすわる。八畳の間で、座蒲団はおかれていない。孝蔵と弥三郎も、三九郎と向かい合うように畳にじかにすわった。

このようなときにはたいてい用意してある仕出しの料理などというのも並べられていない。手焙《てあぶ》りさえもおかれていない。部屋は寒々としている。菅谷三九郎はやはりこの縁談を歓迎していないのだ。きっかけをみつけ、五十両を懐にしたまま、話をぶち壊そうとしているに違いない。

「この方が婿殿でござるな」

といって三九郎は弥三郎をしげしげと見つめ、孝蔵は答えていう。

「さよう。昨日お約束したとおり、同道いたした」

「貴殿に伺って想像していた以上だ。体格といい、面構えといい、申し分ござらぬ。まこと菅谷家の婿に相応しい」

三九郎は臆面もなくぬけぬけといい、弥三郎も遠慮することなく、三九郎の蟇のようなご面相をじいーっと見つめた。変化は……三九郎の目にも、表情にもない。萬屋久万五郎の骨董屋で顔を合わせたことに、どうやら気づいていないようだ。

「お娘御は？」

孝蔵が聞き、三九郎がいう。

「お引き合わせしますとも」

三九郎は手を叩いた。それが合図であるかのように、廊下に足音がして声がかかる。

「失礼いたします」

障子が開けられ、女が高坏《たかつき》に載せた茶を両手に支えて入ってきて、一礼して孝蔵の前におく。女はさがり、おなじ動作を繰り返して、弥三郎の前にもおく。菓子も同様におく。それをまた三九郎の面前でも繰り返す。そして女は三九郎の横にしゃなりとすわった。

「娘の多喜《たき》です」

三九郎は引き合わせる。歳のころ二十五、六か。孝蔵がいっていたように「むしろ美人の部類」かどうかはともかく、醜女《しこめ》ではない。

「多喜でございます」

女は臆することなくいう。二度も婿を迎えているのだ。いまさら初《うぶ》に振るまってもはじまらないというところだろう。

「これなるが弥三郎」

孝蔵が弥三郎を引き合わせていう。

「なんでしたら祝言の段取りも取り決めましょう、ということでしたなあ?」

「さよう」

三九郎が答えて聞く。

「いつがよろしかろう?」

孝蔵はせっかちにいう。

「初午《はつうま》辺りの吉日は？」

十日もない。

「ちと早すぎるのでは」

三九郎だ。

「されば、上巳《じようし》の節句辺りの吉日はいかがでござる」

「結構でござる」

「媒酌人に心当たりは？　なければこちらでおたのみいたすが」

孝蔵が畳みかける。

「ご承知のように娘は二度も祝言しており、できることならこの上の祝言は勘弁していただきたいと申している。ここにいる四人だけで、軽く盃事をするということでご納得いただけぬか」

「そういうことでござったら、弥三郎とてどうあっても祝言したいという歳でもござらねば、よろしかろうと存ずる。弥三郎、それでよいな」

事の成り行きもここまで運んでしまった以上、いまさらぐずってもはじまらない。弥三郎は、ええ、とばかりにうなずいた。

「ではそういうことで」

と三九郎はいってあらたまる。

「実は、このあと、ちと所用がござる」

まるで、用はすんだから帰っていただきたいといわんばかりである。

「しからば」

孝蔵は腰をあげた。

孝蔵と弥三郎はそれでも部屋の中にいて、風を避けられた。嘉助は寒風にさらされている玄関で、唇を紫色にして待っていた。

二

菅谷三九郎は娘と弥三郎の前で、盃事の日取りまではっきり約束した。兄孝蔵はそれになんの疑問も抱かなかった。

だがやはりおかしい。この縁談にはなにか仕掛けがある。でなければ仕出しの料理はともかく、炭火を盛った火鉢くらいは用意していたはず。三九郎は一体、どのような仕掛けを用意しているのか。

三九郎はこの前萬屋久万五郎に、「娘が近く婿殿を迎えるという話、して聞かせたのう」といい、久万五郎が「古川藤左衛門様の御三男坊藤之進様をでございましょう」というと、「さよう。だから」といって、久万五郎の目の前にあった二十両のうちの一枚をさっと摘まみ取った。

あの話は生きていると見たほうがいい。三九郎はなにか仕掛けをしていて、はぐらかそうとしているのだ。してみると多喜とかいう娘も一枚も二枚もかんでいるわけで、あれも相当にしたたかな女ということになるが、あれこれ考えるより、赤坂へ出向いて探ったほうが早い。それで、やはりなにかを仕掛けていると分かったら、三九郎の喉元に刀を突きつけてでも五十両を取り返そう。そうだ。そしてその五十両を元手に独り立ちしよう。家をでて、素浪人になろう。

それで、古川藤左衛門の三男坊のことはどうやって探る？　近所をこそこそ聞きまわるのは面倒だ。堂々と名を名乗って、古川藤左衛門に面会を申し入れ、直接、確かめればいい。なにも遠慮することはない。

弥三郎は赤坂中ノ町に向かった。

「ほう」

弥三郎はうなった。堂々たる片番所付き長屋門構えだ。菅谷三九郎の屋敷とは雲泥の差である。甲子の晩には銀の小粒を一升枡一杯に詰め、神棚に飾って家内繁栄を願う商人のような御家人という評判に違わない。いかにも裕福というのが表からも見てとれる。

弥三郎は潜をくぐり、玄関の前に立って声をかけた。

「ご免」

「どちら様でしょう？」

素振りでもしていたのか。この日も身が竦《すく》むような寒さというのに、頭から立っている湯気を手拭《てぬぐい》で拭いながら、すらりと背の高い男が玄関脇物置小屋の陰から姿をあらわした。

「小普請組支配組頭都築孝蔵厄介都築弥三郎と申す」

面白くないことだが、名乗るとなるとそう名乗るしかなかった。

「して、何用です？」

長身の男は聞く。

「古川藤左衛門殿にお会いしたい」

「あいにく古川藤左衛門は留守にしております。ご用件は？」

「しからば、古川藤左衛門殿の御三男藤之進殿にお会いしたい」

「それがしが古川藤之進です」

「貴殿が？」

「さよう」

当主の古川藤左衛門は商人のような男だ。だから三男坊の藤之進も藤左衛門と同様商人のような男で、湯屋とか床屋とかの株を買いもとめるような気分で、菅谷の株を買う話をすすめているに違いない。そう、頭から決めつけていた。どうしてなかなかにメリハリの利いた風貌をしている。武士の風格を身につけている。

「父でなければそれがしにとは、また何用です？」

藤之進がうながし、そうそうとばかりに弥三郎はいった。

「単刀直入に申します。本所割下水の旗本菅谷三九郎殿の婿養子の一件です。聞けば、三九郎殿は婿養子に貴殿を迎えることになっているのだとか。そのとおりですか」

「なにゆえ、そのようなことを聞かれる？」

「それがしにも三九郎殿の婿養子の話が持ちあがっているのです。貴殿もそうなら、娘一人に婿二人ということになり、それもおかしな話なので、確かめにまいったのです」

「なるほど。それはたしかにおかしい」

「どうなのです？」

「冷えますなあ」

藤之進は曇り空を見あげる。いまにも小雪がちらつきそうだ。

「こんなところで立ち話もなんです。火の気のあるところでということにしましょう。羽織を羽織ってきます。待っててください」

赤坂は遠い。めったにこない。それでも町がどんな風になっているかは知っている。町自体、狭いことは狭いが、神田や日本橋界隈と同様に賑わっている。

「ご免よ」

藤之進は声をかけて水茶屋に入る。茶を八文から十文で飲ませる、どこにでもある水茶屋だが、炭火を盛った大きな火鉢が土間の真ん中にあり、部屋は適度に暖められている。

「どうぞ」

土間にある椅子《いす》がわりの樽《たる》にすわるようにと、藤之進はすすめ、

「茶を二杯」

と女に声をかけ、向かい合ってすわって弥三郎に話しかける。

「あなたはどこまで話が進んでいるのです？」

「婿養子になる段取りがですか？」

弥三郎は聞いた。

「そうです」

「上巳の節句に盃事をするというところにまでこぎつけております。あなたは」

「あと何日もない初午の日に祝言をというところまで進んでおります」

「あなたの方が先ということになりますねえ」

「そうなりますなあ」

蒟蒻《こんにゃく》問答のようになってしまったが、藤之進はたんたんとつづける。

「ただ、わたしの話は流れるでしょう。というより流れざるを得ない」

「といいますと？」

「祝言を挙げる意味がないのです」

「どういうことです？」

「あの家には株がないのです」

「ということは……」

弥三郎は目を丸くしてつづけた。

「三九郎殿はすでに株を売り渡してしまっている？」

「そうなのです。菅谷の株は人手に渡っているのです。だから婿になっても、菅谷の名跡《みようせき》を継ぐことはできない」

「おやおや」

やはり仕掛けがあったのだ。

「そのこと、どうして分かったのです？」

弥三郎は聞いた。

「父が念のためにと菅谷三九郎殿の支配、太田因幡守殿を訪ねて、質して、そうと分かったのです。菅谷 某《なにがし》なる仁《じん》が菅谷三九郎殿の名跡を継ぎ、毎日のように支配や組頭の屋敷に日勤《にっきん》しているそうです」

小普請組の者で就職したい者は、日勤といって、支配や支配組頭の屋敷に毎日のように顔をだしてご機嫌を伺わねばならなかった。弥三郎は聞いた。

「しかし、なぜあなたの父上は、三九郎殿が名跡を譲り渡していることに気づかれなかったのです」

「それをいうなら、あなたの父上か兄上かは存じませんが、そのお方もご同様でしょう」

「そうですねえ」

弥三郎は苦笑して、

「話を持ってまいったのは兄ですが、たしかに兄も気づいておりません。いまだに」

「もっとも、ちょっと手が込んでおりましてねえ。養子をとるという形で名跡を譲り渡してはいても、扶持米《ふちまい》は、三九郎殿が終生受け取るという形にしてあるのです。お聞きおよびかどうか。わたしの父古川藤左衛門は、株を買って御家人になりすましている元は質屋の次男坊ですから、金のことにはしっかりしており、三九郎殿に借金があるかどうか、札差のところに確かめにいったのです。すると札差は、菅谷様には一銭もお貸ししておりません、三季御切米《さんきおきりまい》（扶持米）も、時期がくるたびにきちんと受け取っておられます、とこういうものですから、名跡を売り渡しているなど思いもよらず、父は三九郎殿の婿養子の話に乗せられてしまったというわけです」

「婿養子の代金は三百両ということですが、そうですか」

「そのとおりです」

「返してもらったのですか」

藤之進は首を振る。

「父は、してやられたと、それはもう真っ赤になって、取り戻しにかかりました。ですが相手の方が役者が一枚上です。そちらは婿養子と思われたかもしれませんが、わたしは婿養子とは申しておりません、婿ということで話を進めたはずですと。そういえばと、父も気づいたのだそうです。たしかに三九郎は婿、婿とはいったが、婿養子とはいわなかったと。それでまた三九郎殿は、たしかに娘を進ぜます、どうか藤之進殿に婿になるようにおっしゃってくださいと。つまり三九郎殿としては、嘘をついたわけではないということになり、鐚《びた》一文返そうとしません。あなたの兄上もきっとそうです。婿に、婿にといわれているはずで、婿養子にとはいわれてないはず。ですからいくら持参金を積まれたか知りませんが、三九郎殿は一文も返そうとしないでしょう」

「じゃあ、こうしませんか。あなたは祝言を挙げて婿になる。すると、わたしは婿になりたくてもなれない。三九郎殿は兄を騙したことになり、なぜ騙したといって、責め立てることができる」

「馬鹿をおっしゃいますな」

といって藤之進は苦笑する。

「どうして?」

「どうしてって。なぜわたしが、二度も婿養子を迎えた中古の、親そっくりにしたたかな、莫連女《ばくれんおんな》の婿にならなければならないのです。あなたがわたしの立場だったらそうしますか。家を継げないのに、ただの婿になりますか」

「なりませんねえ」

「そうでしょう。それにわたしは本当に旗本になりたいのです。笑わないでください」

藤之進は真顔になる。

「旗本になって、末は御勘定奉行か御町奉行かというのが子供のころからの夢だったのです。ですから学問も一生懸命やりました。武芸も一通りこなします。剣術は忠也《ちゅうや》派《は》一刀流の免許皆伝です。あんな莫連女の婿になってしまうと、婿養子の口があったとき、はい、と手をあげることができません」

「お父上は御家人。お父上の跡を継いで御家人になるというのはどうなのです。御家人からだって、御勘定奉行や御町奉行になった人はいる」

「御家人が御勘定奉行や御町奉行になるには、勘定所で叩きあげなければなりません。また勘定所には相当の縁故がなければ採用していただけません。それに一番上の兄も商売をするより二本を差すほうが性に合っているというので、父の跡は兄が継ぎます。ですから、できたら肩身の狭い思いをしなくてすむ、高禄の御旗本の株を買っていただきたいとかねて父に願っていて、これはというのに巡り合わず、三九郎殿の騙り同然の話に引っかかってしまったのです」

「そうでしたか」

「あなたはどうなのです。あなたもこんなことになったのは、旗本になって出世をと望んだからなのでしょう」

「わたしの場合はかなり複雑です」

「どう複雑なのです？」

「あなたほど素直に生きてきたわけではない」

「よかったら聞かせてくれませんか」

「語るほどの身の上ではありません」

「奢《おご》りますよ」

「酒をですか」

「そうです。ここは奥で酒を飲ませます。またわたしは親が裕福で、金に不自由はしておりません」

藤之進は気分のいい男だ。

「じゃあ、ご馳走になりますか」

弥三郎は藤之進の後につづいた。

三

さて、それで、どうする。

古川藤之進と酒を酌み交わして酔い潰れ、床を敷いてもらって寝て一夜が明け、足はいつものように馬喰町二丁目旅人宿山城屋へ向かっている。

藤之進は三九郎の娘多喜の婿になるつもりはないといった。多喜の婿になっても旗本にはなれない。むしろ妨げになる。当然だ。

おのれはどうか。多喜の婿になりたくないのはおのれもおなじ。婿養子でも気がすまなかったのに、ただの婿になど、なぜならなければならない。

それはいいのだが、問題は前渡ししている持参金の五十両だ。返せと迫っても、三九郎はきっとこう突っ撥ねるに違いない。

「婿殿にということで話をすすめておりました。それがお嫌ならどうぞご勝手に。五十両ですか。婿にならないのはそちらの勝手。お返しするわけにはまいりません」

兄孝蔵はそれでなくとも気が小さい。打ち明けると、取り乱して卒倒しかねない。どう対応したらいいかの見極めがつくまで、当分兄には事実を打ち明けないでおこう。

待てよ。そうだ。三九郎は萬屋久万五郎に、五百両の儲け話を持ち込んでいた。代金はとりあえず、久万五郎の懐に入る。三九郎の取り分から五十両を天引きするというのはどうだ。幸い孝蔵は三九郎から請取をとっている。請取と引き換えに五十両を天引きする。これなら三九郎も文句をいえまい。いや、いわせない。

そういえば、その後、あの儲け話はどうなっている？　山城屋は後まわしにして、先に骨董屋萬屋を訪ねることにしよう。

弥三郎は歩を速めた。

「弥三郎！」

足を止めて、弥三郎は辺りを見まわした。

赤坂から馬喰町二丁目への近道だからと、虎ノ御門《とらごもん》、外桜田御門《そとさくらだ》とくぐって、常盤橋《ときわばし》御門へと抜けようとしていたのだが、この日は十五日。朔望《さくぼう》の望の日。諸大名や旗本の月次《つきなみ》の総登城日で、城中へ入る門の一つである内桜田御門へ向かおうとする一団、内桜田御門に到着して城中に入っていった殿様の帰りをこれから待とうとする一団などで、一帯は大混雑している。

「おれだ」

北村幸四郎《こうしろう》が近づいてくる。

「なんだ、その様は」

弥三郎は笑った。

北村幸四郎は括《くく》り股立《ももだち》に空《から》っ脛《すね》。袴《はかま》の裾を股のところで縛っていて、股から下は剥《む》き出しという出立ち。登城の供をする侍や徒士《かち》の姿形《なり》だ。足軽、中間《ちゅうげん》、小者はじんじんばしょりで、おなじく空っ脛。吐く息も白い寒い朝だから、股や脛が紫色に変色して、ガタガタ震えている者も少なくない。北村幸四郎も笑っていった。

「情けない格好だといいたいのだろうが、みんなとおなじようにこんな格好をしなければ飯が食えぬ」

幸四郎は百俵五人扶持の御家人の三男坊。弥三郎とは神田お玉ケ池千葉道場の朋《ほう》輩《ばい》。

婿養子の口を探しもとめていたのは弥三郎と同様で、二十万余石出羽《でわ》秋田《あきた》佐竹《さたけ》家の江戸詰め百五十石取りの用人《ようにん》の娘に、偶然見初《みそ》められて婿養子になったという、嘘のような幸運に恵まれた男だが、幸運はそれまで。

義父が死んで当主におさまったものの北村家に蓄えなどなく、また子供が三人もできて、その日その日を暮らすのが精一杯。そのうえ「あのお方と添いとげられなければ自害します」と父親を脅してまで幸四郎を婿に迎えた家付き娘が、昔のことは忘れて、いまはなにかと威張りちらす。

「小糠三合もあれば婿にはなるなというが、まさにそのとおり。婿なんかなるもんじゃない」

たまに会うとそう愚痴《ぐち》をこぼす草臥《くたび》れたお父さん、というのが北村幸四郎のいまの姿で、幸四郎を見ると、婿養子も考えものだなあといつも考えさせられていた。

「実は昨日」

幸四郎は話しかける。

「山城屋に貴様を訪ねた。あいにく今日は見えておりませんと」

「なにか用があったのか？」

弥三郎は聞いた。

「教えてもらいたいことがあるのだ」

「なんだ」

幸四郎は声をひそめる。

「駕籠訴《かごそ》のやりかたをだ」

「なにをまた突然」

「知っておるのか」

「知らぬ」

「あれには作法があるのだろう」

「らしいなあ」

「誰か知っている者はいないか」

「山城屋弥市殿なら知っていよう。あの仁はいろんなことを覚書帳に書き連ねている」

「だったら、弥市殿に引き合わせてもらいたい」

「それはいいが、いつだ」

「今日、いまからすぐ」

「お供の真っ最中ではないか」

「腹がしぶっているとか、いかようにでも理由は構えられる。待っててくれ」

北村幸四郎は上役とおぼしき男に、腹をさすりながら話しかけ、やがて括りつけている袴の紐《ひも》を解《ほど》きながらやってきて、舌をぺろりとだしていう。

「さあ、いこう」

「駕籠訴ということだが、なぜそんなことを知りたがる」

弥三郎は歩きながら幸四郎に聞いた。

「わけがあるのだが、いまはちょっと聞かないでくれ」

「飯のタネにしようというのか」

「そうだ。百俵六人泣き暮らしという。実家がそうだった。いまは百五十石取り。知行ではなく御扶持でもらっているから俵になおすと百五十俵。ただし五十俵は御借上《おかりあげ》といって、召しあげられており、手取りは百俵。なんのことはない。実家とおなじで泣き暮らし。少しは内職もしないとなあ」

「分かった。聞かないでおこう」

常盤橋御門をでてまっすぐの通りが、浅草御門に抜ける本町通りで、馬喰町は浅草御門に近い、本町通りの一本北の通りにある。

山城屋の敷居をまたいで、弥三郎は番頭に聞いた。

「山弥《やまや》さんは」

山城屋弥市のことをみんな山弥という。弥三郎もそういっていた。

「二階で、お客さんを怒っておられます」

馬喰町　吸いつけてでて　叱られる

という川柳がある。廊下で煙草を吸ってはならないという決まりになっているのに、吸う者がいて叱られているという意味で、叱るのは宿の親父。宿の親父は公事訴訟にやってくる在の者にとっては名主同然。なにかと威張っていた。

仕事部屋で待っていると、やがて、弥市が戻ってきた。

「なにか？」

長火鉢の前に腰をおろして弥市は話しかけ、弥三郎は幸四郎を引き合わせた。

「千葉道場の朋輩で、いまは出羽秋田佐竹家で百五十石をとっている北村幸四郎殿。山弥さんに教えてもらいたいことがあるというので同道した」

「なにをです？」

弥市は聞く。

「駕籠訴のやりかたをです」

「いいでしょう、といいたいところですがわたしも商売」

北村幸四郎はすかさずいう。

「南鐐《なんりょう》一枚（二朱）でどうです」

山城屋弥市は必ず「金を」という。南鐐一枚といえば、おれの引き合わせでもあり、承知してくれるはずだといっておいた。

「いいでしょう。ちょっと待ってください」

弥市は立ちあがって、背後の書棚においてある覚書帳のうちの一冊を手にしてすわる。

「駕籠訴は、吟味《ぎんみ》が公正におこなわれなかったり、意図的に遅滞させられたりしているとき、またいろんな事情があって訴訟を起こすことができないときなどの救済の便法として認められているのですが、御奉行様は寺社、町、勘定とおられて、それぞれ事件・事案を分担しておられます。ですから駕籠訴は事件・事案を管轄する御奉行様におこなわなければなりません」

弥市は覚書帳に目を通したままつづける。

「寺社、町、勘定の三御奉行様は合計八人で、八人の御奉行様は毎日御登城されます。それゆえ願書は、御奉行様が御城からさがってこられるときに御門前で、駕籠脇御近習の衆に『お願いがございます』といって差しあげるのがいいとされています」

幸四郎は懐紙を左手に持ち、矢立《やたて》の筆を動かして筆記している。

「駕籠訴して願書を差しだした者は腰縄を打たれて吟味されますが、そのあと、名主とか、わたしども宿とか、親類とかに引き渡されます。三奉行所には仮牢があり、仮牢に入れられることもありますが一時のことで、その夜を泊めおかれるということはございません」

「駕籠訴してお咎めを受けるということはないのですね」

幸四郎が聞く。

「そうです」

弥市は答えてつづける。

「寺社、町、勘定の三御奉行様に駕籠訴して納得のいく処置がとられなかったときは、御老中様に駕籠訴することになります。そのときはその日、御屋敷に泊めおかれます。といって御膳もくだされますからお客さん扱いと思っていいでしょう。そして翌日、御掛りの御奉行様に引き渡されます」

「駕籠訴したらえらい目に遭うと聞いていたのですが、まるでそうじゃないのですね」

「寛政の御改革までは、御老中方は駕籠訴を嫌い、引っ詰め早足といって、登城するとき、えっさえっさと駕籠を走らせていたのですが、寛政の御改革後はごくふつうにゆっくり駕籠を進めておられます。つまり暗に駕籠訴を認めると、方針を変えられました。ただ、とはいえ駕籠訴が頻繁に起こるのも困りものですから、駕籠訴を御奉行様方が歓迎しておられるわけではなく、ときにはぞんざいな扱いを受けることがあります。それで駕籠訴はよくないことのように、世間には思われているのですが、事実はそうではありません」

さすがは山城屋弥市。駕籠訴にも精通している。弥三郎はあらためて舌を巻いた。

「どうも有り難うございました」

幸四郎は筆をおいて頭をさげた。

「それはそうとねえ。弥三郎さん」

弥市は弥三郎に話しかける。

「なんです？」

「あなたが人別を作ってあげた御宿村の源右衛門のことですが、源右衛門のところに居候がいるらしいのです。昨日、手代の佐吉《さきち》が源右衛門の親永左衛門にたのまれて源右衛門の家に使いに立ったら、怪しげな居候らしい男がいたと」

「本当ですか」

「居候が、田中の岩とやらいう悪党でなければいいんですがねえ」

といって弥市は眉間に皺をつくった。

桜と桜銀

一

いつの世にもはぐれ者はおり、はぐれ者ははぐれ者なりに飯のタネを探して生きている。日本橋に近い木原店《きはらだな》に住んでいた良蔵《りょうぞう》はそんな一人で、これといった職に就いたことはないのに、飢えることなくその日その日を暮らしていた。

この冬はことのほか寒さがきびしかった。良蔵は運が悪いほうではなかったのだが、ちょっとした風邪をこじらせてひょっこりあの世へということになった。万引き受けを裏の稼業にしている大門通りの骨董屋萬屋久万五郎はそうと知り、年老いた母親に十五両を摑ませて良蔵の人別を買った。

木原店界隈は良蔵を知る者が多い。良蔵になりすます者が住むところは、界隈から遠く離れたところでなければならない。久万五郎は良蔵の人別を深川《ふかがわ》蛤町《はまぐりちょう》の長兵衛《ちょうべえ》店《だな》に移し、駿州《すんしゅう》御宿村の源右衛門は良蔵になりすまして、長兵衛店の店子《たなこ》となった。

うん？　臭う。

蛤町の堀沿いを歩きながら、弥三郎はなんの臭いだろうかと鼻を鳴らした。

そうか。磯の臭いか。風が磯臭いのだ。堀のすぐ向こうは江戸の海。風が磯の臭いを運んでくるのだ。そういえば、しばらく磯の臭いを嗅ぐことはなかった。

そうか。

弥三郎は気づいた。風は冷たいことは冷たいが、昨日までの冷たさとは違う。三寒四温。春も間近の風だ。春はそこまでやってきている。

おっと、鍛冶屋《かじや》が目印。通り過ぎるところで、弥三郎は鍛冶屋の脇を奥に入った。

「ご免よ」

長屋の前に立って、声をかけた。日中は出歩いているかもしれない。夕刻ならいるだろうと、わざと時間をずらしてやってきた。

「どちら様で？」

声が返ってきて、障子戸が開く。

「ああ、これは」

突っ立っているのが弥三郎と気づき、源右衛門は訝《いぶか》しげに首をかしげる。

「また、なにか？」

「近くに用があり、そういえばどうしているのだろうと思って立ち寄った」

弥三郎はいわずもがなの理由を並べた。

「ご覧のように」

源右衛門は台所に目をやり、戸惑い気味にいう。

「飯の支度をしてるだ」

「支度をしながらでいい。少し話がしたい」

源右衛門は気乗りがしない風だったが、

「そういうことなら」

と釜を載っけた竈《かまど》に火を点《つ》け、火吹竹《ひふきだけ》を口に当て、ふー、ふーと風を送りはじめた。

ありふれた九尺二間《くしやくにけん》の長屋の一間。広さは六畳分しかなく、四畳半分に畳ではなく茣蓙《ござ》が敷いてあり、路地側一畳半分が土間、かつ台所になっている。

押入はない。枕屏風《まくらびようぶ》などというものもおかれてなく、蒲団は剝き出しに重ねられているのだが、どう見ても二人分ある。いまここにはいないが、山城屋弥市が「居候らしい男がいる」といったのは本当らしい。

「仕事は見つかったか？」

弥三郎は壁を背に、横向きに腰をおろして聞いた。

竈は一つ。源右衛門は俎《まないた》の上にあった魚の切り身、油揚げ、人参《にんじん》、牛蒡《ごぼう》、大根などを一緒くたに鍋に入れ、火鉢の火にかけて答える。

「桂庵《けいあん》に毎日顔をだしているだが、まだ、これという仕事は見つからねえだ」

その昔、江戸京橋《きょうばし》に大和《やまと》桂庵という医者がいて、よく縁談の口を利いたところから、縁談や奉公の口利きをする者、やがては奉公の口利きを専業にする口入れ屋を桂庵と異称するようになった。

「桂庵なんかで世話してもらえる仕事は、せいぜいがもっこを担いだりの日傭《ひよう》（日雇い）の仕事だ。おぬしは歳も歳。桂庵なんかを当てにしているようじゃ、いつまで経っても仕事は見つからない」

「かもしれねえだが」

といって源右衛門は火鉢に炭を継ぎ、

「ほかに探しようがねえ」

「おぬしは働き者だということだった」

といって待った。源右衛門は応じる。

「そうずら。骨惜しみはしねえ」

「御宿村では農間渡世に茶屋営業するかたわら、おぬしも、親父も、行商をやっていた。そうだな」

「うんだ」

「なんの行商をやっておった？」

「紙煙草《かみたばこ》入れだ」

「そんなので商売になったのか」

「江戸はどうだか知らねえが、在じゃあ女子供まで煙草を吸うだから、値段もほどほどの紙煙草入れは結構さばける。また柄に流行《はや》り廃《すた》りがあって、二つ、三つと買いたす者もいる。十分商売になっただ」

「だったら、おなじように紙煙草入れの行商をはじめればいい。江戸のどこで造っているか、あるいは卸《おろ》しているかくらい知ってるだろう」

「そうはおっしゃるだが、一から得意先を掘り起こすのは容易じゃねえ」

「容易じゃねえのが行商じゃないのか」

おかしなことをいう。

「そりゃまあそうだべが」

といって、源右衛門は煙草入れの話で思いだしたのか煙草盆に手をやり、煙管《キセル》に刻みを詰めてぷかりと吹かした。

「ここいらには」

弥三郎もつられて、一服つけていった。

「深川七場所といって七ヵ所も岡場所があり、岡場所といえば知ってのとおり、胸元まで白粉《おしろい》を塗りたくったピンからキリまでの女が雁首《がんくび》を並べておる。女を相手に白粉や小間物の商売などという手もあるぞ。地道にやれば結構な商売になる」

「おなじことだべ。女一人ひとりに出入りの白粉屋や小間物屋がついてる。割り込むのは容易じゃねえ」

弥三郎は首をひねった。

「おぬし、働き者なんだろう?」

「だから毎日桂庵に顔をだしてる」

働き者はまず身体を動かしてから考える。桂庵、桂庵と、こいつはそもそも仕事を探す気などないのではないのか。というより、汗水垂らして働く仕事が嫌いなのでは……。江戸に人別を作って別人になりすませたのも地道に働くためではなく、たとえば、田中の岩を匿《かくま》うためとか、ほかに魂胆があってのことではないのか。

「おぬしはこの前、欠落者になった理由を語って聞かせた」

「それがなにか?」

「そのときおぬしは、おぬしが行商にでているときに、おぬしの茶屋が惣蔵という旅人に一夜の宿を貸し、朝まだきに大場の久八の一味に踏み込まれて惣蔵が殺され、とばっちりを受けて欠落者になった、というようなことをいっておった。そうだな」

源右衛門は目を伏せ、ぼそりと答える。

「そうずら」

「殺された惣蔵は武州熊谷の田中の岩の一味だった。おぬしは知らなかったのか」

「…………」

源右衛門は押し黙る。

「おなじく田中の岩の一味の武州石原村の無宿幸治郎ら十八人が甲州で捕まり、二人が獄門になり、残りが死罪になった。これも知らなかったのか?」

源右衛門は立ちあがり、

「日が落ちただ」

といって竈に付木を突っ込み、点いた火を油皿の灯心に移した。

「石原村の無宿幸治郎らは獄門、死罪となる前に、当たり前のことだがあれこれ調べを受け、おぬしの茶屋を常宿にしていたといったそうだ。ということは、惣蔵もおぬしの茶屋を常宿にしていたに違いなく、惣蔵に一夜の宿を貸したというのはそもそもおかしい」

源右衛門はぴくりとも表情を動かさない。

「おぬしが語るところによると、大場の久八の一味は惣蔵を殺したあと、『こいつに連れはいなかったのか』と聞いたということだが、捕まった久八の一味は、『源右衛門はどこだ』と聞いたといっておる。お前はひょっとしたら、田中の岩の一味ではないのか。あの晩も行商にでていたのではなく、一味のために働いていたのではないのか」

「お伺えしますが」

源右衛門はぬっと顔をあげた。しょぼくれた男というのが初対面のときの印象だったが、やけにふてぶてしい。これが源右衛門の素顔なのか。

「なぜおらが、おめえ様にあれこれ聞かれて、それに答えなければならねえ」

「決まっておろう。お前に人別を作ってやったのはこのわたしだ。お前がややこしい男でお縄になり、人別をわたしに作ってもらったなどとべらべらやられると、わたしは謀書謀判の罪で獄門。あれこれ聞いて当然だ」

「心配されるにはおよばねえ」

「ほおー、どういうことだ」

「これでも口は堅え。間違ってもおめえ様の名前をだすような真似はしねえ」

「そいつは有り難い、といいたいところだが、口では偉そうなことをいっても、石を抱かされたらあっさりべらべらなどという手合いがほとんどだ」

「そう思われるのならしょうがねえ。なにもいうことはねえ」

源右衛門は口をつぐんでぷいと横を向く。

「おぬしは居候をおいておるそうだなあ」

「…………」

脇においていた刀を持ち、鐺《こじり》でトンと床を叩いて声を荒らげた。

「どうなんだ？」

ぴくっと身体を震わせて源右衛門はいう。

「居候なんかおいてねえ」

「嘘をつけ。居候がいないのに」

と隅に目をやった。

「なぜ蒲団が二人分もある?」

「…………」

「また、だんまりか」

「居候は田中の岩か」

「居候はどこへでかけた」

弥三郎は矢継ぎ早に畳みかけた。

鍋の中身がぐつぐつ煮立って蓋《ふた》が揺れはじめ、源右衛門は鍋を火鉢からおろして口を開く。

「おらとおめえ様との取引は、お代をお支払いすることですんでる。決してご迷惑をおかけするようなことはしねえ。だから、どうかこれ以上の穿鑿《せんさく》は止めてくだせえ」

「そうはいかぬ。おぬしに人別を作ってやったのは、おぬしを江戸でまっとうに暮らさせたいという名主らの意向を汲んでのこと。なのにおぬしは田中の岩の一味のようで、正業に就いてまっとうに暮らす気などないらしい。これからなにをしようとたくらんでいるのかは知らぬが、黙って見過ごすわけにはいかぬ。居候が何者かも確かめておきたい。居候は今日は……、いや、帰ってくる。お菜《かず》は二人分たっぷりある。帰ってくるまで待たせてもらおう」

「迷惑だが」

といって源右衛門は立ちあがり、

「お好きなようになさるがいいだ。飯も炊けたようだから、おらは失礼して飯を食わせていただく」

源右衛門は炊きたての飯を茶碗によそってぱくつきはじめた。

飯鉢をさらいにきたか信濃者
　いやまたござる江戸の御奉行

またござるはまたくるという意味。出稼ぎの信濃者は大食らいで通っており、戯歌《ざれうた》の格好のタネになっていたが、駿河者の源右衛門も負けていなかった。五合は炊いたろうと思える飯と鍋一杯のお菜をぺろりとたいらげた。

弥三郎は夕飯をすませていなかった。情けないことに腹の虫がぐうぐう鳴り、我慢できずにいった。

「また、くる」

二

「菅谷三九郎が持ちかけてきた話、あれはどうなった？」

すぐにも萬屋久万五郎を訪ねるつもりでいたが、弥三郎もあれこれ雑事に追われている。この日の午後、ようやく萬屋に久万五郎を訪ねることができ、開口一番に聞いた。

「気になりますか？」

久万五郎はにやにや笑っていう。

「そうとも。気になる」

「あなたには関係ないのですがねえ」

「それが大いにあるのだ」

「ほう、どんな風に」

「菅谷三九郎には五十両の貸しがある」

「あなたが？　まさか？」

「正しくはわたしの兄がだ」

「なにゆえ」

「三九郎に引っかけられた」

「そういえば弥三郎さん。あなたはこの前、三九郎がここを訪ねてきたとき。まずい、聞かれたら、わたしの名はいいかげんにとおっしゃり、なぜですと聞いたら、それはいずれと。そのことと関係があるのですね」

「ある」

「なにがあったのです。三九郎と?」

「話せば内輪の恥をさらすことになるのだが、話さないわけにもいくまい。わたしにも三九郎の婿になる話が持ちあがっていた」

「まさか」

「本当だ」

「すると三九郎は二股をかけていたことになる」

「二股どころか、三股も四股もかけておった」

「それで兄上は五十両を引っかけられた?」

「そう。赤坂中ノ町の古川藤左衛門殿が引っかけられたのは三百両。藤左衛門殿に比べれば怪我は軽いが、兄にとっては大金だ」

「古川藤左衛門さんといい、あなたの兄上といい、どうしてみなさん、そう容易《たやす》く引っかかったのでしょうねえ？」

「あいつはとっくに萱谷の株を売り飛ばしていた。それが分からなかったのだ」

「だったら、端から騙すつもりだったので、返せと迫ればいい」

「古川藤左衛門殿はそう迫った。ところが三九郎のやつ、婿養子とは申しておりません、婿殿にと話をすすめておりました、いつでも婿にお迎えします、どうぞいらしてくださいと開き直って返さない。兄も、兄はまだ知らないがおなじ手を食った」

「それは、それは」

「そこでだ。三九郎と御数寄屋坊主筑阿弥とおぬしがぐるになって一儲けしようという、例のお芝居。儲けはおよそ五百両。三人で山分けしても一人百六十両という話だった。そうだな」

「いまのところは捕らぬ狸の皮算用ですがね」

「五百両はとりあえずおぬしの懐に入る。だから三九郎の儲けのうちから五十両を天引きしてもらいたい」

「三九郎が素直に天引きさせますかねえ」

「話はわたしがつける。請取もある。三九郎は騙り同然のことをやっているのだ。天引きしても文句はいえまい。いや、いわせない」

「分かりました。三九郎と話がつくのなら五十両、天引きしましょう。とはいえ芝居はまだ二幕目にも入っていない。いますぐというわけにはまいりません。それは承知しておいてください」

「むろんだ」

「ところで弥三郎さん。あなた、五十両を取り戻したらどうなさるおつもりなのです。兄上に返されるのですか」

「どうしてそんなことを聞く」

「どうしてって。みすみす返すことはない」

「返さないでどうしろと？」

「五十両でそろそろ独り立ちなさい」

「独り立ちは考えないでもなかった」

「厄介は死ぬまで厄介。たった一人の女さえままにならず、屋敷の片隅で老いさらばえなければなりません。それより屋敷をでて、浪人になるなり、髷《まげ》を結い直して町人になるなりして、身を固めなさい。そのほうがよほど人間らしく生きられる」

「おぬしもそう思うか」

「思いますとも」

といって久万五郎は小指を立てる。

「弥三郎さんにも、お好きな人がお一人やお二人おられるのでしょう」

弥三郎は心持ち肩を落としていった。

「残念ながらいない」

「本当ですか」

「本当だ」

「おかわいそうに。だったらわたしが、気立てがよくてかわいいお娘御をお世話してさしあげましょう」

「そのときはたのむ」

「お任せください」

「では、五十両の天引き、くれぐれもたのむ」

弥三郎はそういって表にでた。

「お好きな人のお一人やお二人か」

馬喰町に向かいながら、弥三郎はそうつぶやいて腕を組んだ。

弥三郎だって、石部金吉《いしべきんきち》でもなければ朴念仁《ぼくねんじん》でもない。用心棒などをやって小遣い銭を稼いだときは、怪しげな店にあがって、見ず知らずの女を抱くこともある。だが、とくに誰かを好きになったなどということはない。

一つにはまわりに女っ気がなかったせいだ。屋敷の隣近所や親戚などにこれという娘はいなかった。足繁《あししげ》く通うようになった山城屋にも、山城屋の近所にもだ。またかりにいたとしても厄介。一生を独り身で暮らさなければならない。嫁に迎えることなどできない。そう考えて、近づこうとはしなかったろう。

されど、考えてみれば久万五郎のいうとおり。たった一人の女さえままにならず、屋敷の片隅で老いさらばえるなどみじめすぎる。屋敷をでて、浪人になるなり、髷を結い直して町人になるなりして、身を固めよう。そのほうがよほど人間らしく生きられる。だがそれにはやはり元手が要る。元手がなければ、身動きがとれない。五十両は、なんとしてでも取り戻さなければならない。

三

「お帰りなさいませ」

小者の嘉助に声をかけられて、弥三郎はぎょっと足を止めた。

神田須田町《すだちょう》の馴染みの居酒屋で晩酌をやったあと軽く晩飯を掻き込み、ほろ酔い機嫌で神田川沿いのだらだら坂をのぼって帰るというのが日課になっている。帰りが遅くなるのは毎晩のこと。嘉助が待っていて声をかけるなどということは、これまで一度もなかった。

「どうしたのだ？」

「お殿様がお帰りを待っておられます」

「こんな時刻にか？」

亥《い》（午後十時）の刻はとっくに過ぎている。

「起きているから、どんなに遅くても声をかけるようにと」

「分かった」

月も朧《おぼろ》にはちと早いが、この前までの氷のような月とは違った暖かみのある円い月が空にかかっており、提灯《ちょうちん》の明かりなどなくともよく見渡せる。

「お呼びですか」

弥三郎は雨戸越しに声をかけた。

「あがれ」

押し潰した不機嫌な声が返ってくる。

「では」

雪駄を脱いであがった。

兄孝蔵は行灯《あんどん》を傍らに、渋い顔をして腕を組んでいる。

「なにか？」

弥三郎はすわって聞いた。

「さっきまで登喜《とき》も待っておったのだが、待ち草臥《くたび》れて寝所にさがった」

兄嫁の名は登喜という。

「実は今日、赤坂中ノ町の古川藤左衛門殿が訪ねて見えた」

そんなところだろうと推測はついていた。弥三郎はいった。

「古川藤左衛門殿は子細を、三男の藤之進殿から聞いて、訪ねて見えたのですね」

古川藤之進が父藤左衛門に、都築孝蔵というお旗本の弟弥三郎という方が見えて云々《うんぬん》……と話して聞かせたとしても不思議はない。いや、話して聞かせないほうがおかしい。

「そういうことなのだが、なぜおぬしは、古川藤之進殿を訪ねて子細を知ったというのをわたしに秘しておった？」

「べつに秘していたわけではありません」

「秘しておったではないか」

「話しても仕方がないと思ったのです」

「結果としてわたしは五十両を菅谷三九郎に騙り取られたことになる。話しても仕方がない……はなかろう」

「話して五十両が返ってくるのならすぐにも話したでしょう。返ってきはしない。いたずらに兄上を刺激したくなかったのです」

孝蔵は肩を落としていう。

「おぬしも返ってこないと思うか」

「兄上には取り返す算段がおありなのですか」

「うーん」

となって孝蔵は腕を組む。

「古川藤左衛門殿はどうおっしゃってました？　三男の藤之進殿によると、藤左衛門殿は真っ赤になって取り戻しにかかったということですが、役者は相手が一枚上。婿とはいったが婿養子とはいわなかったといって、鐚一文返そうとはしないということでしたが」

「そのとおりだ」

「兄上がわたしに話を持ちかけてきたとき、誰から持ちかけられたのかは知りませんが、そんな話、乗ったら兄上も大恥を掻きます、といったのを覚えておられますか」

「うむ」

孝蔵は顔をゆがめてうなずく。

「証文の書式がただの請取なら、請取を盾に返せと迫っても、なんだかんだと難癖をつけて容易に返さない。町人ならともかく、御武家が、それも六百五十石取りの御旗本が、恐れながらと役所に訴えることもできない。訴えるのは勝手だが大恥を掻く。やはり騙り取られたのですよといったのは」

孝蔵はますます顔をゆがめて、

「それも覚えておる」

「なにより、当のわたしが気が進まない。また余人ならともかく、菅谷の婿養子だけはまっぴらといっているのに、勝手に話を進められたからこんなことになるのです」

三九郎に対する思いとは別に、孝蔵に対しては溜飲がさがる思いだ。

「そうはおっしゃいますが……」

という声がして唐紙がすうーっと動いた。またただ。弥三郎は顔をしかめた。

「寝ていたのではないのか」

孝蔵はいたわるように声をかける。どうでもいいことだが、とうに飽きがきていい古女房なのに、孝蔵は登喜にやさしい。

「寝ようとしたのですが、悔しくて、悔しくて、寝つかれません」

登喜は肩で息を継ぐようにいい、孝蔵はまたいたわるようにいう。

「さもあろう」

「それで、こちらへ参ろうとしたら殿様と弥三郎殿との話し声が聞こえ、はしたないことにまた立ち聞きしてしまいました。なるほど」

と登喜は弥三郎に向き直る。

「あなたの気が進まないのに、殿様は勝手に話を進められ、菅谷三九郎殿に一杯食わされてしまいました。しかしそれもこれも元はといえば、殿様があなたのためを思ってなされたこと。なのに伺っていれば、まるで余計なことをしでかしたといわんばかりのおっしゃりよう。あまりといえば、あまりのおっしゃりようではないのでしょうか」

弥三郎も登喜に向き直った。

「今度のことは、わたしのためでもありましょうが、兄上、姉上、高丸、ご一家みんなのためでもありましょう」

「姉上はこの前わたしに、あなたはこの家に居つづけて、わたしたちを困らせたいのですか、苦しませつづけたいのですかとおっしゃいました。そうですね」

「ええ、申しました。申しましたとも。それがどうかしましたか」

登喜は開き直る。

「わたしも覚悟を決めました」

弥三郎はいま、腹を括った。

「明日、この家をでていきます」

「浪人するのか？」

孝蔵が聞く。

「浪人するか、髷を結い直して町人になるかはそのとき次第。三座の木戸番だって、魚の棒手振《ぼてふ》りだって、やってやれなくはない」

孝蔵と同役の小普請組支配組頭が、支配している御家人を用があって呼びだそうとしたが、屋敷は人手に渡っていて住まいが分からない。方々手をつくして探したら、なんと三座の木戸番をしていた。

歴とした十八松平《まつだいら》の一族だが食うに困り、背に腹はかえられず、町人髷に髪を結い直して棒手振りをやり、結構お得意さんを摑んでまあまあ稼ぎ、松平魚屋といわれていた。

旗本や御家人といってもさまざま。その気になればなんだってやれると、弥三郎はいってつづけた。

「なにかがあって御番所（町奉行所）などから身分の問い合わせがあったら、都築弥三郎なる者は当家に関わりのない者といっていただいて結構」

孝蔵が都築弥三郎なる者は当家に関わりのない者といえば、弥三郎は自称浪人者ということになり、孝蔵は弥三郎の行動に責任を持たなくてすむ。

「ついては餞別《せんべつ》がわりに、菅谷三九郎が兄上に書いて渡した五十両の請取をいただきましょう。兄上が持っていてもただの紙切れ。わたしなら当事者でもあり、それなりに金にできる」

孝蔵と登喜は意外な成り行きに目を丸くしていたが、登喜が孝蔵に向かって急《せ》かすようにいう。

「そのとおりです。あなたが所持していても仕方ありません。あなたも五十両負担したのです。その証《あかし》でもありますし、弥三郎殿に受け取っていただきましょう」

孝蔵にはためらいがあるのだろう、押し黙る。

「明日の朝、嘉助に届けさせてください」

といって弥三郎は立ちあがった。

四

「都築様」

声に振り返った。山城屋の敷居を跨《また》ごうとするところで、声をかけたのは源右衛門だ。

「なんだ？」

といって弥三郎は周りを見まわした。田中の岩か、岩の一味の者もそこいらにいるのではないかと一瞬、考えてのことである。

「話があるだ」

「立ち話というわけにはいかぬようだなあ」

「後をついてきてくだせえ」

「よかろう」

といって弥三郎は後につづいた。

両国橋にさしかかると、源右衛門は肩を並べてささやく。

「回向院の裏の軒下に人を待たせているだ」

「あの日はいまにも雪になろうかという、冷たい雨が降っていたから回向院の裏の軒下を借りた。今日は春爛漫。墨堤《ぼくてい》は桜が満開。墨堤ではまずいのか」

「人に聞き耳を立てられたくねえだ」

回向院の境内《けいだい》に入って裏にまわった。男が後ろ向きに石段に腰をおろしていて、岩のような背中を見せている。源右衛門は足早に近づいて声をかける。

「お連れしました」

男は振り向いて立ちあがる。

真四角の顔に唇を横一文字に引き結んでいる。間違いない。田中の岩だ。

「お初にお目にかかります」

男は両手を帯の下に揃えて頭をさげる。

「田中の岩五郎だな」

「さようでございます。捕まればこの首を三尺高い獄門台に晒《さら》すこと間違いなしの、武州は田中村無宿の岩五郎でございます」

「そっちから出向いてきてのわざわざのご挨拶とは恐れ入る」

「あっしのことは勘づいておられるようで、だったらいっそ、この身を晒したほうが話は早かろうと思ってのことでごぜえます」

「それがしが、おぬしを御番所へしょっぴくとは考えなかったのか」

「都築様も謀書謀判の罪を犯しておられる。三尺高い獄門台に首を晒すということではおなじです」

「謀書謀判はおぬしをしょっぴくためだったと、いい逃れることはできる」

「都築様はそんなことをなさるお人ではない」

「えらく信用されたものだ」

「また源右衛門に聞くところによると、都築様にはあっしらとおなじ匂いがする」

「どういうことなのかな」

「御旗本の御次男というと厄介。株を買って養子になるか婿に入るかしなければ、一生を兄や甥の厄介になり、冷や飯を食って生きなければなりません。それで、黙ってその立場に甘んじておられるお人もおられれば、才覚を働かせていい暮らしをしようと頑張るお人もおられる。都築様は後者の才覚を働かせてというお人。いや、だから、人別をこしらえるなどという危ない仕事にも手をだされた。そうですよねえ」

「小遣い銭などというのを呉《く》れる奇特なお人はおられぬからのう」

「あっしらだっておなじ。いつどこで差がついたのか、村には必ず一人か二人、豪農というのがいて、そいつらは懐手でぬくぬくと生きていける仕組みになっている。一方あっしら水呑は、どう足掻《あが》いても食うのが精一杯。ですから少しでもいい暮らしをしようと必死に才覚を働かせて生きてきた。おなじ匂いがするのはだからですよ」

「それで、用は？」

「ご迷惑はおかけしません。あっしと源右衛門のことは見て見ぬ振りをしてください」

「おぬしは三十人くらい子分を連れていて、そのうち石原村の幸治郎ら十八人は捕まり、二人が獄門になり、残り十六人が死罪になったという。差し引きするとまだ十二人いる。そいつらはどうした」

「秩父に近い寄場親村十二ヵ村村民千二百人と猟師二百人という大仰な山狩りに遭い、逃げた甲州でまた勤番支配の山狩りに遭い、幸治郎ら十八人がとっ捕まったというのはご承知のとおり。群れて逃げるとおなじ目に遭う。散り散りに逃げようと、甲州で別れたのです。いま連れている子分は源右衛門しかおりません」

「源右衛門の人別を作るのに、源右衛門の親は三十両をはたいている。三十両は、おぬしが負担したのか」

「いいえ。おっしゃったとおり、こいつの」

と源右衛門に視線を送り、

「親がはたいたのです。景気がいいときはあっしもこいつの茶屋に一両、二両とおいていったこともあり、こいつの親はまた商才があって、三十両くらいは楽に貯めていたのだそうで、こいつのためを思ってはたいたのだと」

「いま一つ聞きたい。源右衛門とはどうやって繫ぎをつけた？」

「甲州から逃げたのはいいのですが、文なしに近かったものですから二両でも三両でもいい、無心をしようとこいつの家に寄り道したら、父親の永左衛門が、しかじかです、親分も江戸にいきなさるがいい、灯台下暗し、お上もまさか江戸に潜り込んだとは思いますまい、身を隠すには好都合ですというものですから、すすめられたとおりに江戸にやってきてこいつをたよったのです」

「それで、これからどうする。賭場を開くというわけにもいかんだろうし、強請《ゆす》ったりたかったりもできまい。江戸はお膝元。すぐに御用となる」

「おっしゃるとおりです。武州熊谷を根城にしていたころは、賭場のあがりで結構な暮らしをしておったのですが、江戸には江戸の博奕打ちがいる。賭場を開けばすぐにいちゃもんがついて、身元を明かされる。もちろん、強請りたかりなどもできません。さりとていまさら、地道に商売などということもできない。それでこれからどうしたものかと、毎日のように源右衛門と話し合っているところです」

「源右衛門は行商の経験があるのだろう」

「昔のことです。あっしらが源右衛門の茶屋に顔をだすようになってからは、こいつはあっしらの尻にくっついてまわるようになり、真面目に行商などやらなくなりました。人にぺこぺこ頭をさげて物を買ってもらうなどというのは面白いことじゃないですからねえ」

「だがここは一番、腹を据えて、行商でもなんでもいい。商売に精をださねばならんのじゃないのか。源右衛門、そうは思わないか」

「ええ、まあ」

源右衛門はしぶしぶうなずく。

「それに、表の顔は持っておったほうがいい」

「おっしゃるとおりかもしれません。源右衛門にはそうさせましょう。ですがあっしはとても……」

と岩五郎は苦笑いして首を振り、弥三郎はいった。

「おぬしにおなじ匂いがするといわれたように、わたしは自慢できるような仕事はしてないが、それだけにたまに金になる仕事にでくわす。いい仕事があったらおぬしにもまわそう」

「そいつは有り難い。よろしくお願いします」

「それから源右衛門、おぬし、これから山城屋には顔をだすな。あそこはおもに駿河者が世話になっている旅人宿。誰に顔を見られるか分かったものではない」

「へえ」

「わたしはいま通《とおり》塩町《しおちょう》の弥市店に住んでいる」

山城屋弥市は何ヵ所かに長屋を持っていて、その一つ、山城屋にも萬屋にも近い通塩町の弥市店の長屋に、弥三郎は潜り込んでいた。

「なにかあったら弥市店を訪ねてこい」

「そうします」

と源右衛門がいい、

「では」

と岩五郎が腰をあげた。

「待て」

弥三郎は呼び止めた。

「なんです」

「少ないが」

といって紙入から桜銀《さくらぎん》一枚（一分銀）を摘まみだしていった。

「とっとけ」

「そんな」

岩五郎は手を左右に振る。

「いいから、とっとけ」

「有り難く頂戴しておきます」

風が舞って、桜銀を押し戴く岩五郎の手に桜の花びらを散らした。

三九郎の頼み事

一

「なるほど。ということは難渋出入《なんじゆう》ということになるわけだ」

弥三郎はざっと話を聞き、難渋出入と頭書して男にいった。

「順に詳しく伺おう。村の名は？」

「領家村《りようけ》」

「字《じ》は？」

「領主様の領に家と書くだ」

「御領主は太田備中守《びっちゆうのかみ》様だな？」

「へえ」

「遠州《えんしゅう》の何郡だ？」

「周智郡《しゅうちごおり》」

「庄屋の名は？」

「権左衛門《ごんざえもん》」

「庄屋に任されてのことというから、権左衛門は患いにつき、おぬしが代でいいな」

「結構です」

「おぬしの肩書は？」

「村役人惣代」

「村高は？」

「二百六十五石八斗三升九合五勺《しゃく》」

「家数？」

「百八十七軒」

「人別？」

「五百八十人余」

独り立ちして九尺二間の長屋とはいえ、一軒の家を構えたからにはこれまでの風来坊のような毎日を送るわけにはいかない。店賃、食費、晩酌代、洗濯代、髪結代、湯銭、その他もろもろと、毎日毎月決まった額が、まさにお足で、足が生えているように飛んでいく。よほど性根を据えて、稼ぎにかからなければならない。目の色が変わったようで、山城屋弥市は、「あなたさえ、よければ」といった。

山城屋には毎日のように顔をだしていて、仕事の要領は熟知している。旅人宿組合行事として組合の雑用に追われている弥市に代わって、弥三郎は訴状の代筆一切を引き受けることになった。毎朝五つ半（午前九時）には山城屋に顔をだし、ほぼ午前中一杯、代筆に追われた。ときには二本、三本と訴状を書くこともあり、代筆は午後までつづくこともあった。

遠州周智郡領家村は太田備中守（大名）の領分。その領家村村役人惣代五郎兵衛が訴える相手は、周智郡浜松《はままつ》宿塩町《しおまち》の庄屋ら四人で井上英之助《えいのすけ》（大名）の領分。訴訟人と相手方は支配違い。そこで五郎兵衛ははるばる江戸へやってきて、これから恐れながらと訴えるわけだが、それにしてももと弥三郎は毎度感心させられる。

実に訴訟事が多く、また訴訟事が多種多様であることにだ。この世は揉め事で出来上がっているかのようで、これなら稗史《はいし》（小説）の材料に事欠かない。滝沢馬琴《ばきん》、柳亭種彦《りゅうていたねひこ》、為永春水《ためながしゅんすい》らの向こうを張って、ひとつ大作を物にしてみるかなどと、このところ肘《ひじ》をついて考えることもしばしばだった。

「ちはー」

声がかかって、弥三郎は顔をあげた。前髪のある十二、三と思える子供が土間に突っ立っていう。

「都築弥三郎様はおられますか」

「わたしだ」

「萬屋さんがこれを」

子供は折り畳んで結んだ紙を差しだす。弥三郎は立ちあがって受け取った。開くと、

「今夕八つ半（午後三時）にわたしの店へ。返事は使いに」

とある。弥三郎は紙入から四文銭を抜き取り、握らせていった。

「承知した」

「それでは」

と子供はいい、表にでて小走りに駆ける。例の一件だろう。ようやく五十両という大金を手にできる。弥三郎はそう思いをめぐらせながら席にすわり、村役人惣代の五郎兵衛に声をかけた。

「つづきを聞こう」

二

おう！

声をあげて弥三郎は空を見あげた。端午《たんご》の節句には旬日《じゅんじつ》があるが、気の早い親か爺さんが立てたのだろう、緋鯉《ひごい》に真鯉《まごい》が空を泳いでいる。

長屋住まいをはじめて戸惑いを覚えたのは、季節に移り変わりがないことだった。桜の花が散れば新緑の季節。都築家の屋敷がある駿河台《するがだい》は、大名家や旗本でも大身《たいしん》の屋敷が軒を連ねていることでもあり、一帯は新緑におおわれる。長屋住まいの町中では季節の移り変わりを教えてくれるものがなく、季節の推移が分からない。

そうか。鯉幟《こいのぼり》の季節なのか。端午の節句も間近なのだ。そういえば……と両側にずらりと並んでいる骨董屋、銅物屋《かなものや》、武具馬具屋《ぶぐばぐや》の軒先に目をやった。どこの店先にも、埃《ほこり》を払った甲冑《かっちゅう》や武者人形が並べられている。端午の節句に飾るものだ。都築家でも毎年、虫干しを兼ねて、家重代《いえじゅうだい》の甲冑を飾っていた。

おっと、ここだ。

「ご免」

声をかけて骨董屋萬屋の敷居をまたいだ。

「お待ちしておりました」

久万五郎は迎えていい、弥三郎はいった。

「こっちこそ待ちかねていた」

「例のことをおっしゃっておられるのですか」

久万五郎は聞く。

「そうだ」

といって、弥三郎は首をひねった。

「ではないのか？」

「やっと二幕目が終わったところです。仕上げは、もちっと先になるでしょう」

「がっかりだ」

正直、弥三郎は落胆した。

「五百両も騙り取ろうってんです。それなりに時間はかかります」

「じゃあ、今日はなんの用だ？」

「一杯、ご馳走してさしあげようと思いましてねえ」

久万五郎との付き合いは乾いている。奢ったり、奢られたりする仲ではない。弥三郎はまたも首をひねって聞いた。

「なぜ奢られねばならぬ？」

「まあ、いいじゃないですか」

「仕掛けがあるようだな」

「石黒《いしぐろ》に席を設けております」

「石黒って？」

「近くの小料理屋です」

「こんな時刻にか」

まだ日は高い。

「とくに席をつくってもらったんですよ」

「碌《ろく》でもないことに誘い込もうってんじゃあ、ないだろうな」

「ご心配にはおよびません」

「ここです」

といって久万五郎は足を止める。

黒塀に見越しの松。打ち水がしてあって、玄関脇には塩が盛られている。

久万五郎はガラガラと格子戸《こうしど》を開け、

「お待ちしておりました」

女将《おかみ》らしい女が迎える。

どんな趣向があるのかは知らぬが、こうなれば乗ってみるまで。弥三郎は久万五郎と女将の後につづいた。

「御武家様はこちらに」

女将は床を背にした席をすすめ、すすめられるまま弥三郎はすわった。向かい合うように久万五郎もすわっていう。

「いつだったか、だったらわたしが、気立てがよくてかわいいお娘御をお世話してさしあげましょうと申しました。覚えておられますか」

弥三郎は目を剝いた。

「まさか?」

「そのまさかなのです」

「それは困る」

弥三郎はあわてていった。

「なぜ?」

「独り立ちして間がない。自分一人が食っていくのが精一杯。女房を迎えても食わせられない」

「昔からいうではありませんか。一人口より二人口のほうが安くつくって」

「それに」

と弥三郎はいった。

「わたしにだって好き嫌いはある。会ってはみたが好みに合わなかった、断るでは、相手に悪い。会わないがいちばん。失礼する」

といって立ちあがりかけたところへ、

「ご案内しました」

声がかかり、唐紙が開く。

「失礼します」

女が入ってきて、弥三郎と久万五郎の間にすわり、手をついていう。

「しづでございます」

久万五郎がいい添える。

「しづのしは大志寸志などの志、づは津々浦々の津。名前が漢字というのはどういうことなのか、お分かりになりますよね」

町家の娘の名は平仮名で、漢字でつけられることはない。つけるのは勝手だが、でるところへでたら、平仮名にされてしまう。たまにお上が、風儀がよろしくないといって町芸者をとっ捕まえることがある。文政十年に検挙した町芸者の名を列挙してみよう。

らく、つる、なみ、かう、すか、かね、まん、きく、みね、いと、ふさ、とし、たつ、りよ、しげ、さん、でん……。これらが漢字で書かれるようになるのは明治に入ってからだ。つまり志津という名の女は御武家の娘だと久万五郎はいうのだが、だからといって、このまま段取りを進められるわけにはいかない。弥三郎はいった。

「わたしはしがない素浪人。また久万五郎殿がわたしにすすめられたように、あるいはこれから髷を結い直して町人になるかもしれない」

山城屋での公事訴訟の手伝い仕事は、侍姿では不都合なことが多く、髷を結い直そうかとこのところ折りにつけ考えていた。

弥三郎はつづけた。

「お相手が御武家のお娘御とあればなおさら。相手になる資格などわたしにはない」

「弥三郎さん」

久万五郎はにやにや笑っていう。

「そうむきにならず、お志津さんのお顔を見てさしあげたらどうなのです」

久万五郎の方ばかりに顔を向けていて、わざと視線を志津に向けなかった。

「迎える気がないのに」

といって、それでもちらりと目をやった。

「あなたは！」

久万五郎の萬屋の前は、武具馬具を売る菊屋《きくや》という店で、菊屋の店先でちょくちょく見かける娘だ。

「隠すより現るです。弥三郎さん。あなたが何度かお志津さんの後ろ姿に見とれているのを、わたしは知っていたのです」

頬がみるみる真っ赤に染まるのが、弥三郎にも分かった。

「違いますか」

久万五郎は念を押す。

何度か見かけてきれいな人だなあとは思った。だが声をかけてどうなるものでもない。ゆきずりに、器量のいい娘をたまに見かける。そんな一人だ。なのに、なんでこういうことに？

「弥三郎さんはたしか二十と六」

弥三郎はうなずいた。

「お志津さんは二十と五。ここいらにいるのはがさつな男ばかりで、お志津さんはこれまで相応《ふさわ》しい相手に恵まれず、娘としてはとうが立ちかけている。それで、お志津さんに聞いたのです。都築弥三郎というお方がおられます、お見合いをしてみませんかと。するとお志津さんは、ひょっとして萬屋さんの店先でよくお見かけする御武家さんではありませんかと。お志津さんも、あなたのことはなんとなく気にかかっていたらしいのです。そうですと申しますと、お任せいたしますと」

志津もぽっと頬を染める。

「子細はおいおいお志津さんに聞いていただくとして、お志津さんのざっとした来歴を申しあげますと、お父上は、さる西国《さいごく》のお大名家で三百石を取っておられた御馬廻《うままわ》り」

馬廻りは上級の家来だ。

「故《ゆえ》あってご浪人され、この近くで町屋住まいされておられたのですが十年ほど前に亡くなられ、お志津さんは、以来ずっと独りで暮らしを立てておられます」

そこまで聞けば気になる。弥三郎は聞いた。

「お母上は？」

「お父上が亡くなられる二年前に亡くなられております」

「菊屋さんの店先でしばしばお見かけするのは？」

「お志津さんは近くの手習塾川村堂《かわむらどう》で代教をなさっておられる。手跡《しゅせき》はそれは見事なものです。一方、菊屋さんには娘さんが三人おられる。そこで手跡を教えに、三八と五十の日に通っておられるのです」

三日に一日以上になるから、なるほどよく店先で見かけるわけだ。しかし、

「手跡は手習塾に通って習えばすむこと。なにゆえ菊屋の娘はわざわざお志津さんから手跡を？」

「御屋敷にご奉公にあがるためですよ」

「そうか」

町屋のいい家の娘が大名家や大身の旗本家に奉公にあがるのは銭を稼ぐためでもなければ、殿様のお手付きになるためでもなかった。もちろんその手の娘もいたが、いい家の娘は、御屋敷で何年か行儀作法を見習ったと嫁入りに箔をつけるために、いわば嫁入り道具を手に入れるように奉公にあがった。だからなかには下女つきで奉公にあがるという娘もいた。

「踊り、三味線、手跡。この三つができなければ奉公にあがれません。菊屋の娘は、三人とも手習だけでなく、踊り、三味線と、毎日大忙し。そんなわけで、お志津さん

は川村堂で代教をしておられてなおかつ、菊屋の三人娘に特別教授をしておられるのです。ですからいまのところ、お志津さんはなに不自由なく暮らしておられる」

「わたしは、哀れなことに独り立ちもおぼつかない浪人のひよっこ」

「だからいったではないですか。一人口より二人口のほうが安くつくって。あなたのことはお志津さんに詳しく聞かせてあります。そのうえでお志津さんは、わたしでよければと申しておられる。いや、だからこうやってこの席にお顔を見せられた。それともお志津さんのこと、お嫌いですか」

好きか嫌いかといわれれば、嫌いなほうではないが、

「なにぶん突然のことなので……」

「だったら一年、いや半年。そのころにはご浪人として独り立ちできるようになっておられる。半年後にというのはどうです」

「この前、おぬしはこういった。厄介は死ぬまで厄介、たった一人の女さえままにならず、屋敷の片隅で老いさらばえなければなりませんと。たしかにそのとおりで、そのときは連れ合いを迎えるなど夢のまた夢。考えたこともなかった。だがこうやってすすめられると、心は大いに揺れる。人並みに伴侶を迎えたいという気になる。よろしくお願いいたす」

「頭をさげる相手が違ってます。お志津さんにでしょう」

弥三郎は志津に向かっていい直した。

「よろしくお願いいたす」

三

「ただいま」

下代《げだい》の朋吉《ともきち》が帰ってきた。

公事訴訟事宿を兼業している旅人宿や百姓宿には、本職である旅籠屋《はたごや》業の手代のほかに、公事訴訟事の仕事を専業とする手代もいて、彼らをとくに下代といった。朋吉はそんな下代の一人だが、この日、弥三郎はことに忙しく、夕暮れ時というのに訴状の清書をしており、顔をあげずにねぎらった。

「お疲れさま」

「さっき耳にしたのですがねえ」

朋吉は近寄ってきて脇にすわる。

忙しいのだが、仕方がない、筆を休めて聞いた。

「なにか？」

「御寺社の松平紀伊守《きいのかみ》様に駕籠訴がありました」

寺社奉行は四人おり、松平姓がまた腐るほどあって、どこの誰とにわかに思いつかない。

「紀伊守殿の御屋敷は？」

「一橋《ひとつばし》御門外」

「ああ」

丹波《たんば》亀山《かめやま》五万石形原《かたはら》松平家の当主だ。

「わたしは今日一日、神田橋御門外の御勘定奉行池田播磨守《はりまのかみ》様の御役宅に詰めておりました」

寺社、町、勘定の八奉行所は訴訟関係者を奉行所に呼びだすとき、御差紙という召喚状を送った。その召喚状を門前で受け取り、訴訟関係者が在の者だった場合、飛脚屋に一里いくらで走ってもらって送付するのも公事宿の仕事で、朋吉はいわゆる御差紙御用のために、まる一日、神田橋御門外の御勘定奉行の役宅に詰めていた。

「池田播磨守様の御役宅のある神田橋御門外と、松平紀伊守様の御屋敷のある一橋御門外とは地続きのようなものです」

間が火除《ひよ》け地になっていてほぼ見通せる。

「ですから、あちらでなにがあったかはすぐに分かるし、また伝わってくる」

「駕籠訴がきっかけでなにか騒動があったとでも？」

「というわけではなく、在の者の駕籠訴にしては御定法《ごじょうほう》どおりの見事な駕籠訴だったというので、御奉行松平紀伊守様は感服されて丁重に扱われ、筋違橋《すじかいばし》御門外神田仲町《なかちょう》の百姓宿坂野屋《さかのや》を呼びだし、駕籠訴した者たちを預けられたそうです」

「坂野屋はただの百姓宿だったよなあ」

「そうです」

坂野屋は公事宿ではなかった。公事宿として活動するにはそれなりの専門知識を必要とした。公事宿の仕事は、宿ならどこでもできるという仕事ではなかった。

「弥三郎さんはこの前、千葉道場で朋輩だったとかのお友達を連れてみえた。そうですね」

「それがどうかしたのか？」

「わたしは横で聞いていたのですが、松平紀伊守様への駕籠訴の作法は、旦那様（山城屋弥市）が弥三郎さんのお友達に教えておられたとおりなのです。あるいはあの駕籠訴には、お友達も絡んでいるのかもしれませんねえ」

「ということはなにか。駕籠訴を作法どおりにやらない者もいるということなのか」

弥三郎は聞いた。

「商売往来とか庭訓往来《ていきんおうらい》とかで教えているわけではありませんからねえ」

ともに手習塾のお手本だ。

「訴状を、見当違いの御奉行に差しあげたり、御奉行でもない御大名に差しあげたり、お忙しい御登城前の駕籠に突進して差しあげたり、駕籠脇近習の衆にではなく、御屋敷のご家来衆に差しあげたりと、それはもういろいろ。御奉行様方がなんとなく駕籠訴を嫌っておられるのは、一つには駕籠訴が御定法どおりおこなわれないからでもあるのです」

「ということなら、御定法を紙にでも刷って配ればいい」

「何事も知らしむべからずです。刑律を定めた『御定書《おさだめがき》』だって表向きはいまだに『他見を許さず』ですからねえ」

公事宿ならたいていは写しを手に入れていた江戸時代の民刑法典ともいうべき『御定書』は、制定されてから百年にもなろうというのに、公にはいまだに八奉行以外は「他見を許さず」ということになっていた。

「それでおぬしは、寺社奉行松平紀伊守殿に対する駕籠訴が御定法どおりおこなわれたから、わたしの友達も絡んでいるのではないかと思ったわけだ」

「当て推量ですけどね。さてと」

といって朋吉は腰をあげる。

「急がなければ飯を食いっぱぐれる」

そういえば、出羽秋田佐竹家江戸詰め百五十石取りの用人の娘に、見初められて婿養子になった千葉道場の朋輩北村幸四郎はその後どうしている？　気にはなったがすぐに忘れて、弥三郎は筆に墨を含ませた。

四

「お早うございます」

声に目を覚まされて、弥三郎は気づいた。

志津だ。

蒲団《ふとん》から跳ね起き、表に声をかけた。

「ちょっと待ってください」

蒲団を畳んで枕屏風で隠しと、大急ぎにばたばたやって心張棒をはずし、障子戸を開けた。

「あのー」

と志津が伏し目がちに切りだそうとする。

「顔を洗ってきます。あがって待っててください」

弥三郎は小桶を片手に飛びだし、厠《かわや》を使い、井戸端で歯を磨いて顔を洗った。

久万五郎は弥三郎と志津を引き合わせたあと、膳を囲んで食事をしながら「お互いに往き来して親しく言葉を交わすようになれば、半年が三月《みつき》、三月が一月《ひとつき》と早まるかもしれません。これがお互いの住まいです」といって、弥三郎には志津の、志津には弥三郎の、住所を認めた書物《かきもの》を渡した。

志津の住所は、弥三郎の頭に刻み込まれている。明日は訪ねてみよう、いや、今日こそと何度も思った。だが、なにしろはじめてのことだ。訪ねてそのあとどうするのか、どんな話をすればいいのかが分からない。つい腰が引けてずるずる日が経ち、やがて一月になろうとしていた。

志津は痺《しび》れを切らせてきたのであろう。訪ねてくる前に、こちらが訪ねるべきだった。

「お待たせしました」

弥三郎は声をかけて障子戸を開けた。志津は土間に突っ立っていていう。

「久万五郎さんから使いをたのまれてまいったのです」

「まあ、おあがりください」

「このあと用があります」

志津は首を振る。

いつもは五つ（午前八時）の鐘の音を合図に目を覚まし、そそくさと支度をして山城屋に向かう。空を見あげて聞いた。

「何刻ごろでしょう？」

「六つ半（午前七時）にはなりましょう」

「用がおありとおっしゃいますと？」

「この足で手習塾にまいらねばなりません」

「ああ、そうでしたねえ」

今日は五節句とかの休みではない。

「それより、久万五郎さんが今日の正午、あなたにきていただけないかと」

「それを伝えにわざわざ」

「昨日、いつものように菊屋にまいりますと、久万五郎さんがお向かいから呼びかけられて、あれから会われましたかと。いいえとお答えしたら、弥三郎さんに明日の正午にきてもらいたい。あなたからそう伝えていただけませんかと」

会っていないと聞いて、久万五郎はきっかけを作ってやろうとしたのだ。

「それで昨日の午後、こちらへ伺ったのですが、ご不在だったものですからあらためてこのように出直しました」

昨日は仕事が遅くなり、そのあと新しくつくった馴染《なじ》みの店で晩酌をやった。

「それは申し訳のないことでした」

「では」

「待ってください。送ります」

「でも、わたしはこの足で手習塾に」

「そこいらまで送らせてください」

横に並んで歩いたが、やはりかける言葉を思いつかない。弥三郎はいった。

「近く、必ずお伺いします」

五

久万五郎が帳場にすわっていて、口をひん曲げていう。

「弥三郎さんはなんですか。葺屋町《ふきやちょう》のほうですか」

葺屋町には色子《いろこ》がいる陰間《かげま》茶屋が軒を並べていた。

「あっちは苦手だ」

弥三郎は苦笑していった。

「だったらなぜ、あれからお志津さんを訪ねられなかったのです」

「訪ねるつもりでいたのだが……」

「あのようなお娘御はめったといるものじゃあない。放っておいて、いつまでも待っていてもらえるとはかぎらない。このままだと掌中《しょうちゅう》の玉《たま》を失うということになりかねませんよ」

「近く訪ねると約束した」

「じゃあまあ、そうしていただくことにして、今日このあと、菅谷三九郎が訪ねてきます」

「うまくいったのか」

「まあね」

「五百両の儲けになった？」

「さすがに目論《もくろ》みどおりにはいかず、四百両というところです」

「一人当たり……」

と頭に十露盤《そろばん》をおいた。十露盤は見様見真似で覚えた。

「百三十両余か」

「そうです」

「後学のために聞いておきたい。なにを掴ませたのかは知らぬが、偽物と分かったら、掴まされたやつも黙ってはいまい。恐れながらと訴えたらどうするつもりなのだ」

「書画骨董の類は偽物を掴まされたやつが悪いということになってます。目が利かなかったということですからねえ。恐れながらと訴えても、欲につられてやったことだから、お上もお取り上げにはならない」

「そんなものなのかねえ」

「仲ケ間事《なかまごと》とおなじです。知っておられるでしょう。仲ケ間事？」

「ああ」

請負仕事で儲けの割合を決めてとりかかったが揉めた、芝居木戸銭の儲けの分配で揉めた、無尽をやって揉めたという三つの事例については、訴訟があっても、お上は取り上げないということになっていた。

「じゃあまあ、わたしも遠慮なく五十両をいただけるわけだ。三九郎の取り分から、先にいただいておこう」

と弥三郎がいうと、

「そいつは三九郎がやってきてから」

と久万五郎はいって、

「あなたもそのくらい、女にも押しが強ければおよろしいのに。女となるとからきし意気地がない」

「それとこれとは話が違う」

久万五郎は表に目をやっていう。

「きたようです。どうされます。この場で会われますか」

「逃げ隠れすることはない」

「ご免」

と菅谷三九郎が入ってきて、頭をつるつるに丸めている男が後につづく。御数寄屋坊主の筑阿弥だ。

「お久しぶりです」

弥三郎の方から声をかけた。

「これは婿殿」

といって三九郎はじっと考える。

「そうか。婿殿とはどこかでお会いしたと、思いだそうとして思いだせなかった。ここでお会いしたのか。するとあのとき、婿殿はわたしがここを訪ねたことを知っておられた？」

「その話はあとにして」

久万五郎が割って入っていう。

「奥へ」

弥三郎もつづくと、三九郎が咎める。

「なにゆえ、婿殿も」

「いいってことですよ」

弥三郎は無視してつづいた。

「話が話ですから家の者には誰も入ってくるなといってあります。ですから茶もでません。いいですね」

久万五郎は猫の額ほどの庭に面した奥の座敷に案内していう。

「茶を飲みにきたわけではないから、茶などどうでもいいが」

といって筑阿弥がじろりと弥三郎を睨《にら》みつける。

「そこな御仁はなにゆえ同席しておられる」

弥三郎は答えていった。

「菅谷三九郎殿に用があってのこと。用さえすめば早々に退散させていただきます。用というのはほかでもありません。菅谷殿。あなたの取り分から五十両を天引きさせていただきます。よろしいな」

「五十両？　はて、なんのことやら」

三九郎は大仰に首をかしげる。

「とぼけられても無駄だ。請取はここにおいていきます。では久万五郎さん、五十両をわたしに」

久万五郎が懐に手をやると、

「待った」

と三九郎がいって、

「どうやら縁組の話をなさっておられるようだが、上巳の節句辺りの吉日ということだったので、その何日も前からこっちは待っておりました。だが、いっこうにお見えにならない。話はそちらが勝手に流されたのです。五十両を返してくれなどと、途方もないことをおっしゃるものではない」

「あなたはとうに菅谷の株を売り飛ばしており、そもそも縁組の話など持ちだせなかったのだが、ここでぐずぐず遣り取りするつもりはござらぬ。久万五郎さん、五十両を二人の間においてください。それで、菅谷殿、ならば腕ずくで勝った者がいただくということにいたそう」

「わたしはこんなことに関わりたくありません。じゃあ、そうさせていただきます」

久万五郎は応じて、切餅二十五両包み二つを二人の間においた。

三九郎がさっと手を伸ばして切餅二十五両包二つを摑む。

弥三郎は音も立てずに居合を抜き、白刃を三九郎の手首に押しつけていった。

「手を引かれまするな。引かれると手首がストンと落ちまするぞ」

「むむ、むむ」

三九郎は額に脂汗を浮かべる。

「ヒイ、フウ、ミイと、三つ数え終わる前に切餅から手を離して、そおーっと手を引かれよ。でなければ間違いなく、手首が落ちる。いいですか。ヒイ、フウ……」

弥三郎が数えはじめると、

「分かった」

三九郎は手を引いた。

「お聞き分けがよろしい」

弥三郎は切餅二十五両包二つを懐に突っ込み、請取を三九郎に飛ばしていった。

「失礼つかまつる」

「待った！」

三九郎は呼び止める。

「わたしに用はない」

弥三郎は立ちあがった。

「その腕、買った！」

「わたしは忙しい」

このあと、手習塾川村堂の前で、志津の帰りを待つつもりでいる。

「損な仕事ではござらぬ。まあお聞きなさい」

「聞くだけでもいいじゃないですか」

　と久万五郎がいってつづける。

「金になることならなんでもやるというのが、弥三郎さん、あなたの渡世なんでしょう」

　今朝、志津に会って、気持ちは微妙に変化している。

「公事宿の下代なんかに納まるつもりはないのでしょう」

　いまではその手もあるかなと考えている。

「わたしも聞いてみたい。まあ、おすわりなさい」

　久万五郎は行く手を阻むようにいう。

「分かった。じゃあ聞くとして」

　弥三郎はすわり直していった。

「菅谷殿に聞いておきたいことがある」

「五十両をふんだくったうえになおですか」

　三九郎が聞き、弥三郎はうなずいていった。

「なぜ、あなたは騙り同然の話をあちらこちらに持ちかけられた？」

「そんなことも分からないのですか」

三九郎は呆れたといわんばかりの顔をしていう。

「分かりません。なぜですか？」

「金が要るからですよ」

「それは答えになっていない」

「いつからこんなことになってしまったのか。金、金、金の世の中になって、金があればなんでも叶うし、なければなにも叶わない。そうでしょう」

「そりゃそうですが、だからといって騙り同然のことをやっていいという理屈にはならない」

「おっしゃいますが、いまあなたが懐に入れた金だって騙り同然のことをやって手に入れたもの。騙り同然のことをやるのが悪いと思われるのなら、その金は懐に納められないはず。返していただきましょう」

「あなたのお考えはよーく分かりました。世の中にはそんな人もおられるのだというのを肝に銘じておくとして、あなたはそうやって掻き集めた金を何に使われているのです。御屋敷を拝見するかぎりでは、利殖上手とはとてもお見受けできない」

「それは秘密。事実を知りたければ、どうです、婿になって我が家に入られませんか。娘の多喜もあなたのことが気に入ったみたいで、弥三郎さんとなら一緒になってもいいわと、わりと本気で洩らしております」

「くわばら。くわばら」

「蒟蒻問答はそこら辺りまでにして」

久万五郎が割って入って、三九郎にいう。

「損な仕事ではないというのを、聞かせていただきましょう」

「わたしの取り分は百三十両ですから、まだ八十両が残っている。腕を貸していただけるのなら、さらに五十両を上積みしましょう。どうです」

久万五郎がかわって聞く。

「なにをすればいいのです」

「人、一人を殺してもらいたいのです」

「なんですって！」

弥三郎が目を丸くしていうと、久万五郎がすかさず応じる。

「なんなら、わたしがかわって引き受けてもいい。誰を？」

久万五郎は、人殺しなどもたのまれれば引き受けるという噂《うわさ》だ。

三九郎は久万五郎、筑阿弥、弥三郎と順に顔をねめまわし、

「いずれもおなじ穴の貉《むじな》。知られても差し支えはなさそうだ」

といって、それでも声をひそめた。

「殺してもらいたい男は出羽秋田佐竹右《う》京《きよう》大夫《のだいぶ》家の江戸詰めの家来北村幸四郎」

弥三郎の顔はみるみる引きつった。

深い闇

一

「あれ、ここはどこだ？」

弥三郎は一瞬そう思ったがすぐに気づいた。志津の家だ。志津は……隣ですやすや寝入っている。

昨日、菅谷三九郎と萬屋久万五郎が引き留めるのを振り切り、手習塾川村堂の前で志津の帰りを待った。

手習が終わると、手習子には自由の世界が待っている。男の子も女の子も「わあー」と声をあげ、蜘蛛《くも》の子を散らすように路地を駆け抜けて家へ急ぐ。志津はしばらくしてから、風呂敷包みを手にでてきた。弥三郎は軽く会釈《えしやく》をした。志津は戸惑いながらいう。

「このあと、菊屋さんにまいらねばなりません」

菊屋の前で待つわけにはいかない。弥三郎は聞いた。

「時間を潰してお宅にお邪魔します。何時ごろ戻られますか」

「七つ（午後四時）過ぎには戻ります」

「ではその時刻に」

弥三郎は大門通りの雑踏に身をゆだねて時間を潰し、志津の家に向かった。

志津は戻っていていう。

「およろしかったら、今日これから、祝言ということにしていただけませんか」

弥三郎は目を丸くして聞いた。

「突然、なにをいわれる？」

「わたしは手習塾の代教ですが人の道も教えます。後ろ指を指されないように形をはっきりさせておきたいのです」

「しかし、いくらなんでもこれからというのは……。性急すぎはしませんか」

「弥三郎様は誰に断らなければならないというお立場ではないのでしょう」

「それはまあ」

「わたしもそうです。それともわたしと一緒になることについて、これからまだあれこれお考えになるおつもりですか」

「いえ、腹はとっくに固めております」

「だったら、よろしいではありませんか」

そこまでいわれて、後込《しりご》みしているわけにはいかない。

「結構です。それで祝言は二人だけということで？」

「お仲人は手習塾川村堂の師匠ご夫妻に……。これからお願いにあがります。久万五郎さんにも、菊屋の主人ご夫婦にもお顔をだしていただくよう、声をおかけします」

「ではわたしも旅人宿の山城屋弥市さんに町使いを走らせて、顔をだせるものならだしてくださいとお願いします」

長屋住まいの八っつぁん熊さんの祝言はいたって手軽だ。弥三郎と志津の祝言もさして変わりない。志津の二間続きの長屋の部屋をぶち抜いて、ともに貸衣装を着た弥三郎と志津が並び、両側に手習師匠川村堂の主人夫妻、両側縦に萬屋久万五郎、菊屋の夫婦、目を丸くしてやってきた山城屋弥市、顔を知らない八っつぁん熊さんら相長屋の連中が顔を並べ、川村堂の師匠が「高砂《たかさご》や〜」と手短に謡い、そのあとどんちゃん騒ぎになって、正子《しょうね》の刻（深夜零時）の鐘を合図にお開きとなった。

部屋が片づけられて志津が床を敷き、布団に潜る。弥三郎も、

「ご免」

と声をかけて潜り込んだ。志津はしばらく身体を堅くしていたが、やがて力を抜いて受け入れた。

「これでよかったのだろうか」

明け烏《がらす》の鳴き声を聞きながら、弥三郎は考えている。

「よかったのだ。一生を厄介、部屋住みとして肩身の狭い思いをして暮らしていくより、こうやって人並みに所帯を持って生きていくことのほうがはるかに意義がある」

ごそっと蒲団が動いて、志津が目を覚ます。

「憚《はばか》りを使ってまいります」

志津は起きあがる。

「わたしも」

弥三郎もつづいた。憚りは共同だ。昨日までなら、憚りに一緒に向かうなど考えられなかった。これが互いに相手の身体を知った夫婦というものなのだろう。

ともに憚りを使い、井戸端で洗面した。

「お早うございます」

一人、二人と相長屋の女房《かみ》さんが声をかけ、なかには好奇の目を向ける者もいるが、志津はいっこう構う風でない。

「お早うございます」

とそれぞれに答えて、食事の支度にとりかかった。

「美味《うま》い」

何年ぶりかで味わう、朝の手作りの食事を堪能して茶をすすっていると、

「お話があります」

志津はあらたまる。他人行儀はまだあらたまらない。

「なんでしょう？」

弥三郎は聞いた。

「不躾《ぶしつけ》なお願いで恐縮ですが、五十両を拝借願えませんか」

「なんですって」

この女、ひょっとして牝狐《めぎつね》。それとも化け物……。弥三郎は胆を縮《すく》みあがらせて、じっと志津の顔を見つめた。むろん鼻が尖《と》んがるわけもなく、首が伸びるわけでもなく、志津はつづける。

「お嫌でございますか」

「嫌というわけではないが……」

なぜ金額がぴったり合う？　なぜ五十両を手にしたその晩に祝言を急がされ、翌朝に、それをそっくり貸せといわれなければならない？

昨夜「場所をお借りします」といって、仏壇の脇に袱紗で包んだ五十両をおいた。それを目で確かめながら、弥三郎はなおも考えている。

「ついこの前、久万五郎さんに、五十両をお貸しいただきたいとお願いしました。すると久万五郎さんは、貸して貸せないことはないが、弥三郎さんは近く五十両を懐にされる、一緒になられることだし、どうせなら弥三郎さんにお願いしなさいと申されました。昨夜、祝言のあと、みなさんが騒がれていたときのことです。久万五郎さんはわたしに、弥三郎さんは今日、五十両を手にされました、お願いされるといいと。厚かましいのは重々承知の上でございます。なにとぞ五十両、お貸しくださいませ」

志津は久万五郎の女で、久万五郎は自分の女を押しつけ、なおかつ懐の五十両をふんだくろうとしている？　お武家の娘でかつ手習塾の代教をしているということなので、すっかり信用して式まで挙げて一緒に住むことになったのだが、久万五郎と二人してたばかろうとしている？

いや、それは考えすぎだ。久万五郎と志津に馴れ馴れしさは見受けられない。久万五郎は志津のことを敬《うやま》っている。言葉の端々にもそれは感じられる。また志津は久万五郎だけでなく、菊屋の主人夫婦や相長屋の連中にも、お武家の娘らしく威厳をもって接している。だが……やはりおかしい。いっていることは尋常ではない。

「いかがでございましょう」

せかされて、弥三郎は聞いた。

「なにに使われるのです？」

「故郷の弟に送るのです」

「弟さんがおられるのですか？」

「はい」

まさか久万五郎が「弟」というのではないだろうなあ。

「父はさることがあって、改易《かいえき》ということになったのですが、神川《かみかわ》家の、我が家の姓は神川と申します。神川家の再興を図らせるため、嫡男である弟を、おなじ馬廻りの母方の里に送りました。母の兄、わたしの伯父に当たるお人は御国家老の覚えがめでたい。伯父が御国家老に働きかけ、このほど弟は、昔のように三百石取りとはいかなかったのですが、それでも百五十石取りで召し抱えられることになり、弟から、御礼として百両を御家老に贈らなければならなくなりました、三十両は伯父さんが用立ててくれます、七十両、なんとかなりませんかといってきたのです」

江戸で、それでなくとも一人暮らしがやっとの女に、弟がそんな厚かましいことをいって寄こすものだろうか。

「わたしにもむろん、二十両ばかり蓄えがあります。それで五十両をと久万五郎さんにお願いして、このように厚かましいお願いをすることになったのです」

「お伺いしますが、お父上はなにゆえ改易になったのです？　またお父上は西国のいかなる御家に仕官しておられたのです？」

「父上は伊予《いよ》大洲《おおず》六万石加藤遠江《とおとうみ》家の上屋敷で、仕法方頭取《しほうかたとうどり》という御役に就いておりました。仕法方は大公儀で申すなら勘定所。加藤家江戸屋敷の出納《すいとう》一切を扱う部署でございます。さる年の四月のことでございました。お殿様は隔年に一度の参勤交代で御暇《おいとま》を頂戴することになり、公方様にも御暇の挨拶をすませました。にもかかわらずその年、仕法方は大洲表までの路用等を用意できず、お殿様は予定の日に江戸を発てなくなりました。お殿様はまだお若く、世間体が悪いと、それはもう烈火のごとくにお怒りになり、江戸家老や父上ら仕法方のお役人を切腹でもせよといわんばかりに責められました。父上はこう諫言《かんげん》しました。八方手をつくしましたが、金策がつかなかったのです。いたしかたないのです。世間体など、なにを気にすることがありましょう。いいかげんになさりませと。お殿様はぶるぶる身体を震わせて、御暇を申しつかわす、どこへなりとも退去せよと。江戸家老は沢村主膳《しゅぜん》と申されます。まだ任に就かれております。なんならお確かめください」

かりにも新婦が話すことだ。疑って、確かめに行くわけにもいくまい。信じるほかあるまい。

「相分かりました」

弥三郎はそういって、仏壇の脇においている五十両の袱紗包みを渡した。志津は深々と頭をさげていう。

「まことに有り難うございます。夫婦とは申せ、お金はまた別。このうえも手習塾川村堂の代教をつづけ、いずれは独立して手習塾を開きます。お借りしたこの五十両はきっとお返しいたします」

「いや、夫婦の懐はおなじ。気にせずともよろしい」

とはいったものの、日中は汗ばむような初夏なのに、心の中をうそ寒い風が吹き抜けるような、薄ら寒さを感じずにはいられなかった。

二

志津の長屋の甚兵衛店《じんべえだな》は田所町《たどころちょう》にある。弥三郎が借りていた通塩町の弥市店からさして遠くない。丸裸同然の身とはいえ、枕屏風、布団、着替え、下着、鍋釜、茶碗類、漢籍十余冊とまあまあ荷物はあり、大八車《だいはちぐるま》を借りて、志津の長屋に運び入れた。

志津はこういって、朝早くに家をでた。

「新婚の翌日とはいえ手習子にはかかわりのないこと。代教を休むわけにはまいりません。そのあと、伊予大洲加藤遠江守家の上屋敷に出向いて、七十両を大洲表に送る手続きをしてまいります。上屋敷は下谷《したや》の御徒町《おかちまち》。いささか遠うございます。家に戻ってくるのは暮れ六つ（午後六時）近くになります」

弥三郎は山城屋弥市に「明日は休みます」といってある。昼にはまだ間がある。志津が帰ってくる暮れ六つ近くまで、家でぼんやりしているのも能がない。預かっている合鍵で戸締まりをし、ぶらりと家をでた。

〈さて、どこへ行く〉

昨日は五十両が懐にあった。天下を取ったというと大袈裟《おおげさ》だが気分はゆったりしていた。足取りも軽かった。今日は、重い。心も寒々としている。五十両という金は、素浪人となった身には半端ではないのだ。

うん？　耳朶《じだ》によみがえった。菅谷三九郎の声がである。三九郎はいった。

「その腕、買った！」

さらにこうつづけた。

「腕を貸していただけるのなら、さらに五十両を上積みしましょう」

「人、一人を殺してもらいたいのです」

「殺してもらいたい男は出羽秋田佐竹右京大夫家の江戸詰めの家来北村幸四郎」

顔がみるみる引きつるのが弥三郎には自分でも分かったが、なに食わぬ顔で、

「聞かなかったことにしておこう。ご免」

といって、久万五郎の家を後にした。

あの守銭奴三九郎が五十両を弾むというのだ。よほどの金儲けの仕組みが背後に隠されているに違いない。それで一方の、五十両で命を狙われようとしている幸四郎だが、やつはなにをやろうとしている？

そういえば、幸四郎は駕籠訴はどうやるのかと教えを乞いにきた。山城屋の下代朋吉によればその後、山城屋弥市が教えたとおりに駕籠訴をやった者がいて、筋違橋御

門外神田仲町の百姓宿坂野屋に預けられたのだという。

坂野屋を訪ね、どんな駕籠訴をやったのかを探るか。いや、それより直接幸四郎に会い、むろん三九郎が「五十両で命を」といったことは内密にして、それとなく話を聞きだしたほうが早い。

うん？

幸四郎の身をちっとも案じていない。それどころか、一儲けできないかと考えている。いつからこんな人間になってしまったのだ。志津を一瞬、牝狐か化け物かと思った。志津がそうなら、案外、似合いの夫婦かもしれない。

神田川には隅田川河口から柳橋、浅草御門、新シ橋、和泉橋、筋違御門、昌平橋《しょうへいばし》……と橋が架かっていて、出羽秋田佐竹家の上屋敷は新シ橋を渡って真っすぐ北へ向かって行った左手、三味線堀《しゃみせんぼり》の向かいにある。弥三郎は懐紙を四ツ切りにし、矢立の筆を使って「御当地浪人都築弥三郎」と墨書し、

「こういう者でござる。用人の北村幸四郎殿に御意を得たい」

と門番に渡した。

「お待ちください」

門番は奥に消え、やがて北村幸四郎が顔をあらわした。

「なにか？」

幸四郎は聞く。

「近くに用があって、そういえばと立ち寄った。暇はないか」

「昼飯を食うくらいの暇ならあるが、承知のように家に寄れとはいいにくい」

幸四郎の狭い長屋の家は上屋敷内にあり、そこにはまた家付きのうるさい女房がいる。

「外はどうだ」

「いいだろう」

一帯には大名の上、中、下屋敷と寺院が櫛比《しっぴ》していて、わずかに華蔵院《けぞういん》の門前町と、小島某《こじまなにがし》なる男が三味線堀の一角を埋め立てたところからつけられた小島町とに人家があり、食い物屋もある。

「ここでいいか？」

幸四郎が立ち止まっていう。蕎麦屋《そばや》だ。

「結構」

暖簾《のれん》をくぐって中に入ると、

「かけにしますか、もりにしますか」

小女が聞いて、幸四郎が弥三郎に聞く。

「もりでいいか」

「ああ」

「もりを二つに銚子をぬる燗で二本」

「もりを二つに……」

小女が繰り返して、弥三郎は幸四郎に話しかけた。

「この前、山城屋の下代から聞いたのだが、一橋御門外の寺社奉行松平紀伊守殿の門前で駕籠訴があり、それが御定法どおりの見事な駕籠訴だったものだから紀伊守殿はいたく感服され、丁重に扱われたと。それで下代の申すのに、あの駕籠訴にはお友達も絡んでいるのかもしれませんねえと。おぬしがこの前訪ねてきて山城屋弥市殿から御定法を教わっていたのを、下代は横で聞いておったのだ。あの駕籠訴にはおぬしも絡んでいたのか」

「そのとおり。その下代、えらく勘がいい」

「駕籠訴をやる者はままいるが、御定法どおりやる者はいたって少ない。だからあれは……とピンときても不思議はないのだそうだ」

「なるほど」

「お待ちどおさま」

酒が運ばれてきた。

「手酌でやろう」

幸四郎がいう。そのほうが面倒くさくなくていい。ちびりと飲《や》って、弥三郎は聞いた。

「この前おぬしは、駕籠訴の件に関して、わけがあるのだがいまは聞かないでくれといった。そうだな」

「いかにも申した」

「申し遅れたがおれはあれから家をでて、町家住まいをしておる」

志津と所帯を持ったというのは面倒なので口にするのを控えた。

「それでいまは飯を食うために、山城屋で目安《めやす》（訴状）の代筆一切を請け負っておる。だから誰かは知らぬがおぬしに教えられて、御定法どおり御寺社に駕籠訴したという訴訟の内容については大いに興味がある」

「そういうことなら、隠さねばならぬことでもなし、語って聞かせよう。おぬしも知っていよう。松橋謙堂《けんどう》先生の学塾で、それがしと机を並べて学んだ宮島秀次郎《みやじまひでじろう》という秀才」

「剣術は神道無念流《しんとうむねんりゅう》を学んで免許皆伝の、学問もいいが、飯を食わねばならぬといって、いまは八州廻りになっている男だ」

「さよう」

千葉道場に何度か幸四郎を訪ねてきたことがあり、三人で一杯やったこともある。

「お待たせしました」

いいもりが運ばれてきた。

「先に、これを」

幸四郎はつるつるっとすすっていう。

「話せば長いし、やはりおぬしには関わりがない。聞くだけ無駄だと思うのだがなあ」

金の匂いがする。無駄ということはない。

「聞かせてもらおう」

「それでは」

といって幸四郎は語りはじめた。

上州《じょうしゅう》佐波郡《さわごおり》西久保村《にしくぼむら》に光明寺《こうみょうじ》という寺があった。当住《とうじゅう》、つまり現住職賢海法印《けんかいほういん》は、先住《せんじゅう》、前の住職光伝《こうでん》法印をたよって江戸からくだってきた僧侶で、三年前に光伝が亡くなったあと、光明寺の当住になった。

貧しい山村や漁村でもよく見かける、江戸時代に建てられた寺は大造、結構善美をつくし、反《そ》り返った甍《いらか》は辺りを睥睨《へいげい》するかのようにそそり立っている。金もかかっている。なぜそんな寺を建てることができたのか。理由の一端は江戸時代の寺請《てらうけ》制度にある。

幕府はキリシタン禁圧の一手段として、御料《ごりょう》（天領）・私領（大名・旗本領）の領民の宗旨を寺請制度によって観察した。領民一人一人は、人別帳（戸籍簿、別名を宗《しゅう》門《もん》人別帳といった）に、戸《こ》ごとに何宗何寺檀那《だんな》と書いて、寺の大きな判（宗判）を突いてもらい、その下に太郎兵衛《たろべえ》なり次郎兵衛《じろべえ》なりと名を書いて、自分の判を押した。つまり何宗何寺の檀那であります、キリシタンの信徒ではありませんということをそうやって証明した。

この制度はしかし必然的に檀那寺の僧侶に権力を与えることになった。檀那寺の僧侶は気に食わなければ、あるいは虫の居所が悪ければ、宗判を拒否する。拒否されれば、人別帳の体裁がととのわず、つまり戸籍が宙ぶらりんになり、なにをするにも不自由する。

また村の者が他村の者と婚姻したり養子縁組をしたりするときには、名主の村送り状とともに、寺請状といった檀那寺の送り状も必要だった。村の者が江戸などに出稼ぎや奉公にでかけるときにも、宗旨証文という檀那寺発行の一種の身分証明書を必要とした。旅にでるときにも、おなじく檀那寺が発行する往来手形（切手）を必要とした。

それら各種証文手形の発行に関しても、檀那寺の僧侶は、気に食わなかったり、虫の居所が悪かったりすると、拒否したり、だし渋った。また権力を笠にきて、領民の公事訴訟、喧嘩口論にまで割って入り、あるいは腰押《こしお》し、あるいは加担し、小さな争いでも大きな争いにして騒ぎ立て、あわよくば村の者から金銭を掠《かす》め取ろうとした。

それゆえ領民は僧侶を恐れることひとかたではなく、一定の米麦をまるで年貢のように納めさせられていただけでなく、葱ができたといえば葱を、人参《にんじん》ができたといえば人参を、真っ先に寺へ持参して僧侶の機嫌を取り結んだ。各種証文手形を発行してもらうときには、相応の謝礼を払った。寺が大造、結構善美をつくしていたのはそのせいで、

坊主憎けりゃ、袈裟まで憎い
呉れ呉れ坊主に遣りとうもない

売僧《まいす》坊主、生臭《なまぐさ》坊主、糞坊主、乞食坊主
などと坊主を罵倒するいいまわしや言葉がいまに残されているのは、僧侶に対する根強い反感があったからだが、光明寺の賢海もそんな坊主の一人で、仕出かした悪事は数限りがなかった。宗門人別帳の作成に当たっては、宗判を押すことになにかとぐずり、二分（〇・五両）、一両、二両と掠め取った。掠め取られた者は過去三年の間に延べ実に十八人、金額にして二十三両二分にものぼった。寺請状、宗旨証文、往来手形などの発行に当たっても、謝礼として合計およそ三十両を受け取った。

葬式と法事は檀那寺が必ずおこなわなければならない仏事である。にもかかわらず賢海は、お布施の厚薄、礼禄の多少によって、葬式に差をつけるだけでなく、手間取らせたり、ひどいときは引導を渡さなかった。ために泣く泣く借金をしてお布施を積みまし、ようやく葬式をだすことができたという者も少なくなかった。

その一方で賢海は、開帳、説法、勧化《かんげ》、奉加、加持、祈禱などに事寄せて、なにかと金儲けに奔走した。

僧侶に女犯《にょぼん》と肉食は禁ぜられている。だがこれまた守る僧侶は皆無といってよく、賢海も隣町の桶職人為吉《ためきち》の娘ふみを洗濯女と称して屋敷に引きずり込み、女子をもうけた。

寺の地面や什器《じゅうき》備品は寺の物であって、僧侶個人のものではない。なのに賢海は角地の商売になりそうな地面を売り飛ばし、什器備品なども勝手に処分した。

賢海はまた無宿のような浪人を用心棒がわりに住まわせ、これに強硬に抗議した、東久保《ひがしくぼ》村の百姓利助《りすけ》の宗判を拒んだ。

さらには、先住光伝法印の法事をおこなわないばかりか、墓碑も建てなかった。なにより賢海が悪辣《あくらつ》だったのは、御祈願所の御供養料を融通《ゆうずう》すると称して、高利貸し紛《まが》いのことをやっていたことだった。

在々の寺ではこのころ、京の五摂家《ごせっけ》方や堂上《とうしょう》方へ賄賂《わいろ》を贈り、彼らの先祖の位牌を招聘《しょうへい》して御祈願所、御位牌所などと唱え、厨子《ずし》、帷《とばり》、幕、そのほかいたるところに五摂家方や堂上方の紋をつけて威勢を張るということが流行った。五摂家方や堂上方にすれば、先祖の位牌を売り物にして金をむさぼっていたということなのだが、そうやって格好をつける寺が少なくなく、賢海の光明寺も五摂家二条《にじょう》家のなにとやらん御先祖の位牌を頂戴して、れいれいしく御祈願所の看板を掲げた。

だけでなくほとんど名目といっていい御供養料を頂戴し、これに賢海自身の金や、賢海の知り合いの金を混ぜて、高利で貸しはじめた。

高利貸しの取り立てはきびしい。きびしくなければ、貸し倒れになり、高利貸しなどできない。賢海もおなじだ。返済や利息が滞《とどこお》ると、いやしくも五摂家二条家の御供養料である、不届きにも程があると脅しつけ、いよいよとなると返済や利息が滞った者を味方につけている村役人に預けた。さらには公辺に訴えるといって脅した。まことに修羅《しゅら》とやいわん有財餓鬼《うざいがき》とやいわん鬼のような取り立てようで、賢海はますます財をなした。

　これらのことに、むろん檀那は怒った。寄ると触ると、公辺に訴えようと気勢をあげた。だが公辺に訴えるには金がかかる。江戸の御寺社に訴えることになるが、三人から四人は江戸へ出向かねばならず、逗留費用だけでも馬鹿にならない。百両や二百両などという金はまたたく間に消える。

　そこで、一帯をのべつ廻村している八州廻りこと関東取締《かんとうとりしまり》出役《しゅつやく》に訴えて、意見してもらおうということになり、浪人を用心棒がわりにおいていることを咎めて宗判を拒否された百姓利助が代表して、たまたま廻村してきた、幸四郎の学友、八州廻り宮島秀次郎に訴えた。

　宮島秀次郎は光明寺に賢海を訪ねて事実を質した。賢海は答えていった。

「百姓利助らは我が村の者ではござらぬ。利助らに話があるのなら、名主から名主をとおすように申されよ」

奇妙なことに光明寺は寺のある西久保村に檀那は少なく、檀那は西久保村以外の村に大勢いた。賢海のいうことに筋がとおっていなくもなかったが、賢海は西久保村の名主にも十分鼻薬を利かせていた。名主から名主をとおしても埒《らち》が明かなかった。

賢海はさらにこういった。

「また我らは御寺社の支配を受けており申す。八州殿の御指図は受け申さぬ」

たしかにそうで、八州廻りという役職は無宿長脇差など関八州にはびこる悪党者をふん縛《じば》るために設けられていた。寺社を取り締まるために設けられていたのではなかった。

かくなるうえはと百姓利助らは腹を括り、多大の出費を覚悟して公辺に訴えようとした。公辺に訴えるには、領主の協力が得られなければならない。「御差出」の手続きといって、領主の「添簡《てんかん》」もしくは「添使《てんし》」を以《もっ》て、受訴奉行所へ当該訴訟を進達《しんたつ》してもらわなければならなかった。

百姓利助らの東久保村は百三十二石六斗二升五合余で、三千八百石高旗本永友源三郎《げんざぶろう》の一給《いっきゅう》支配（永友源三郎一人が支配していること）。恐れながらと江戸にでて、永友源三郎の用人に「かくかくしかじかでございます。檀那寺光明寺の賢海法印を相手取って訴訟いたします。よろしくお願いいたします」と願った。答えは「相成らぬ。

話し合え」。話し合って解決がつかないから願っているのですといっても、用人はがんとして受けつけない。

そこで利助らは廻村先から帰ってきておられるかもしれないと、八州廻り宮島秀次郎を屋敷に訪ねた。宮島秀次郎はいた。利助らは、

「しかじかでございます」

と訴えた。

「ふむふむ」

と聞いていて宮島秀次郎はいった。

「おれの友達で出羽秋田佐竹家の上屋敷の用人に、北村幸四郎というのがいる。名は失念したが、幸四郎の友人に公事宿に出入りしておって、やたら公事訴訟に詳しいのがおる。そいつに相談してみたらいい。だからまず北村幸四郎を訪ねよ」

利助らはいわれたとおり幸四郎を訪ねた。

話を聞いて、幸四郎は小遣い稼ぎになると思った。都築弥三郎を紹介するのでなく、自身が教えることにして、弥三郎をつうじて山城屋弥市から駕籠訴のやり方を教わり、利助らに教えた。利助らは教わったとおりに、寺社奉行松平紀伊守に駕籠訴した。

「というわけだ」

と長い説明を終えて幸四郎はつづける。

「この前おぬしに、わけがあるのだがいまは聞かないでくれといったが、有り体《あてい》にいうと、いいかげんにいい繕《つくろ》ったのだ。おぬしをだしぬいて小遣い稼ぎをするためにな。悪く思わんでくれ」

そういえばあのとき幸四郎は「なんのことはない。実家とおなじで泣き暮らし。少しは内職もしないとなあ」といった。弥三郎は聞いた。

「少しは小遣い稼ぎになったのか」

「まあな」

「駕籠訴して、その後、どうなった?」

「寺社奉行松平紀伊守殿は、御定法どおり地頭(旗本永友源三郎)殿に添使を願って、目安を提出しろといわれた。そこで利助らはわたしを訪ねてきて、話は振り出しに戻るですという。それがしは無駄を承知で、地頭殿に添使を願えといった。むろん地頭殿の用人は拒む。そこで今度は山城屋弥市殿に教わったとおり、御用番(月番)の御老中牧野備前守《びぜんのかみ》殿に駕籠訴をさせた。これは効果があった。牧野殿は評定所《ひょうじょうしょ》の式日《しきじつ》にこの問題を持ちだされ、寺社奉行松平紀伊守殿にどうなっているのかと問われた。紀伊守殿は急ぎ、永友源三郎殿の用人を呼びだされ、利助ら訴訟人に不都合はないと思われるのに、添使をだされぬのはいかがなわけでござろうと問い質された。用人は意図があってのことではございませぬといい訳して、添使をだし、利助らの訴訟は正式に御寺社に受理された」

「じゃあいよいよ、御寺社で審理がはじまる？」

「そういうことだ。さて」

と幸四郎は立ちあがっていう。

「そろそろ客がくる。勘定」

「懐はあったかい。おれが払っとく」

弥三郎も立ちあがって帳場に向かった。

「お先に」

幸四郎はあたふたとでていった。

客というのは、あるいは百姓利助らかもしれない。

三

百姓利助らは御定法どおり松平紀伊守に駕籠訴をしたあと、筋違橋御門外神田仲町の百姓宿坂野屋に預けられたということだった。

坂野屋は公事訴訟事にはたずさわっていない。公事訴訟事をおこなうには、山城屋のような公事訴訟事の手伝いをしている宿に変わらねばならない。それでさて、坂野屋からどこへ移ったか。坂野屋へ立ち寄って聞くと、間違って幸四郎の耳に入る虞《おそれ》があり、幸四郎は何事かといぶかる。用心をして、山城屋の下代朋吉辺りに聞いたほうがいい。

弥三郎は山城屋に足を向けた。

「どこへ行っておられました?」

山城屋弥市が聞く。

「どこへって、今日は休ませてもらうといっておいたはず」

といって弥三郎は首をかしげた。

「そういうことをいっているのではありません。みんながお祝いをしたいというので、甚兵衛店の新居を訪ねたのです。するとお二方ともおられない」

「みんなって？」

「山城屋の下代衆ですよ」

と弥市は頭株の下代嘉兵衛《かへえ》に目をやる。山城屋には嘉兵衛、新右衛門《しんえもん》、朋吉と、下代が三人いた。

「できることなら花嫁さんを囲んで」

と嘉兵衛がにっこり笑っていう。志津というのも照れ臭い。弥三郎も、

「花嫁は……」

といって、

「今日も休まずに手習塾で手習を教えております。また帰りはややこしい用を足してくるので遅くなると申しておりました。ですから、二人一緒にというのは月に三、四日ある手習塾が休みの日にしていただけませんか」

嘉兵衛がいう。

「じゃあまあ、花嫁さんにお目にかかる楽しみはまたの日ということにして、弥三郎さんはいいですね」

新婚二日目だが、まあいいか。

「ええ」

「それじゃあ」

と弥市はいって、

「夕刻までには間があります。その間に、この目安を清書しておいてください」

と下書きした目安を寄越す。

「承知しました」

役所は墨付き汚れを嫌う。せっかく上手く書けても、墨がちょっとでもついていたら、容赦《ようしゃ》なく突き返す。もとより誤字脱字があってもならない。清書にはかなり神経を使う。結構長文の目安を清書して、それでも長日《ちょうじつ》だ。日暮れまで間があり、やがて全員が揃って、弥市もくわわり、近くの座敷で花嫁不在の祝宴がはじまった。

ふつうなら嘉兵衛ら下代は、お武家とあろう者がなんで我らの仕事にしゃしゃり込んでくると煙たがる。だが弥三郎は山城屋に通いはじめて長い。また弥市は公事宿の主人として腕がよかっただけに商売繁盛で、嘉兵衛と新右衛門は公事訴訟人の付き添いとして、毎日のように役所に通っている。朋吉は御差紙御用であちらこちらの役所に出向いている。みんな忙しい。誰も目安を代筆している暇がない。おかげで弥三郎を嫌っている者は一人もいず、気のおけない祝宴は木戸が閉まる時刻までつづき、弥三郎は提灯を片手に我が家に向かった。

途中で四つ（午後十時）の鐘が鳴り、番太郎に断りをいいながら木戸を一つ二つとくぐって、甚兵衛店に辿り着いた。路地を奥に入っていった長屋の角が我が家だが……明かりがついていない。新婚二日目というのに、四つの鐘が鳴っても帰ってこない亭主にあきれて、ふて寝をしてしまったか。どういいわけをしよう、などと考えながら我が家の前に立った。

おや、どういうことだ？

鍵がかかっている。中にいる者が、表に鍵などかけない。志津は外出している。湯屋にでかけたか。いや、湯屋だってとうに湯を落としている。ではどこに？

とにかく中に入ってみよう。どこへ行ったか、走り書きでも残しているかもしれない。

弥三郎は鍵を開けて部屋にあがり、提灯の明かりであちらこちらと照らした。なにもない。台所を照らすと流しに、でかける前においた湯飲みがおきっ放しになっている。ということは、志津は帰ってきていないということだ。

五十両を騙り取るのが狙いで、まんまとせしめたから、しめしめと姿をくらませたか。やはり牝狐だったか。いや、それはない。曲がりなりにも、志津は手習塾川村堂の代教として暮らしを立てている。なおかつ、菊屋の三人娘に個人教授もしている。五十両を騙り取って、逃げまわるなどというのは間尺《ましやく》に合わないことだ。それより志津は、七十両を、伊予大洲加藤遠江守家の上屋敷に出向いて、大洲表に送る手続きをしてまいりますといった。でかけるとき、袱紗に包んだ五十両を、風呂敷包みに包んでいた。そいつを誰かに狙われ、ついでに命を奪われたか。

志津の身を案じると、急に志津がいとおしく思われた。

じりじりと音がした。

提灯の明かりがすうーっと消え、部屋は深い闇に包まれた。

光明寺賢海法印の正体

一

カタッと音がして目が覚めた。志津が障子戸に手をかけたのだ。建て付けが悪いうえに滑りが悪く、手をかけると必ずつっかかる。心張棒は外してある。弥三郎は寝入っている風をよそおって、様子を窺った。

「ただいま帰りました」

声をかけて志津が入ってくる。

帰ってきたら「どうしたのだ？」とやさしくいたわりの声をかけようと思っていたのだが、急に怒りが込みあげてきた。口を開くと「なにを考えているのだ」と問詰しそうだった。弥三郎は蒲団から起きだすとぼそりといった。

「厠を使ってくる」

ついでに歯を磨いて顔を洗い、心を落ち着かせて家に入った。志津は着替えていて、正座していう。

「これから手習塾に向かわねばなりません。昨夜のことは帰ってからお話しいたします」

申しわけありませんでしたの一言がない。情が強《こわ》いのだろうが程がある。弥三郎はいった。

「どこに泊まったかくらい、聞かせてもよいのではないのか」

志津は視線を逸《そ》らさずにいう。

「伊予大洲加藤遠江守家の上屋敷に泊めていただきました。時間がありません。子細は帰ってから申しあげます」

有無をいわさぬ口調だ。弥三郎は二の句がつげず、志津が立ちあがって出て行くのをただ見送った。

さて、どうする？

志津と一緒になるまで、朝は自炊していた。これから飯を炊いてもいいが、女房を持ったというのに、飯の支度をするのは業腹《ごうはら》だ。馬喰町には朝餉《あさげ》（朝飯）を食わせる一膳飯屋がある。あそこで腹拵《はらごしら》えをしてと、弥三郎は家をでた。

山城屋での稼ぎが、いまは唯一のたしかな稼ぎである。飯をすませると山城屋に顔をだし、いつものように目安（訴状）の清書にとりかかった。

気にかかる。志津のことがだ。志津は五十両を拝借したいといって、事情をあれこれいって聞かせた。夫婦になったのだ。疑うのもおかしいと、信じることにした。

だが、やはりおかしい。自分の二十両と合わせて七十両を伊予大洲加藤遠江守家の上屋敷に出向いて、大洲表に送る手続きをしてまいりますといった。いかにももっともと思った。だが、そもそもそれがおかしい。

現金はふつう江戸に六軒ある定飛脚問屋《じょうびきゃくどんや》をつうじて送る。志津は加藤遠江守家の江戸家老沢村主膳とはいまでも付き合いがあるようで、金は主膳をつうじて送ったといわんばかりだったが、遠江守家だとて金《かね》飛脚などというのは常置していないはず。かりに公用の飛脚が江戸と大洲表の間を往来していたとしても、公用の飛脚に現金を持たせたりはしない。街道筋には懐を狙う雲助、胡麻《ごま》の蝿《はえ》の類がうようよいる。現金は、現金輸送専門の定飛脚問屋をつうじて送るのが無難であり、常識だ。

金は大洲表の弟に送ったのではなかろう。昨日の朝も考えたように、弟なる男が江戸で一人暮らしをしている姉に、七十両もの大金を無心するなどということが、これまたそもそもおかしい。

「午後も一本、よろしいでしょうか」

番頭が聞く。この日、目安は午前に二本で終わりのはずだった。弥三郎が首をひねると、番頭はいう。

「三十軒組百姓宿本田屋《ほんだや》さんからの依頼です」

目安や、目安に異論がありますと反論する返答書の中には、くどくど認めてあるがなにが認めてあるのか要領を得ず、読んでも理解に苦しむものが少なくない。「なんだ、これは?」「意味がさっぱり分からぬ」と、御奉行にかわって取り調べをすすめるお役人から突っ返されることもしばしばで、公事訴訟を代行している宿でも、作成にてこずることがままあった。

目安にしろ返答書にしろ、当事者が訴えたいことあるいは反論したいことを、お役人が読んで、理解できるように、要領よく認めなければならないのだが、弥三郎にはその才があるようだった。山城屋の都築弥三郎というお武家さんが代筆する目安や返答書はお役人様方にとても評判がいい。こう噂が立って、他所《よそ》の宿からも目安や返答書作成の仕事が持ち込まれるようになった。金になることだから、弥三郎には有り難いことなのだが、今日はなんとなく仕事に打ち込む気になれない。

「無理でしょうか」

番頭が聞く。仕事だ。逃げるわけにはいかない。

「引き受ける。昼をすませたらはじめよう。九つ半（午後一時）にここへと」

「そう伝えておきます」

話を聞いて下書きをし、公事訴訟人に、読んで聞かせたうえで清書する。一刻（二時間）はたっぷりかかる。八つ半（午後三時）に仕事を終え、弥三郎は山城屋をでた。

今日は二十五日――。

三八と五十の日、志津は手習塾での授業を終えたあと、菊屋に出向いて三人娘に個人教授する。帰りは七つ（午後四時）を過ぎる。帰っても家にはいない。時間を潰すとすれば、志津を紹介した萬屋久万五郎の家だ。志津の来し方について、久万五郎からいま少し、話を聞いておかなければならない。

「ご免」

敷居をまたぐと、仏像のような骨董を磨いていた久万五郎が顔をあげ、にやにや笑っていう。

「新婚生活って、いいものでしょう」

弥三郎はにこりともせずにいった。

「聞きたいことがある」

久万五郎は興を覚ました顔付きでいう。

「なにをです？」

「志津のことについてだ」

「後をたのむ」

久万五郎は手代にささやいて奥に向かい、弥三郎は後につづいた。久万五郎に女房はいない。出替わりのおさんどんに茶を淹《い》れるようにいい、口を尖らせていう。

「お志津さんの何について聞きたいのです？」

弥三郎は確かめるようにいった。

「おぬしが語って聞かせた志津の素性。嘘偽りはないだろうな」

「またなぜそんなことを？」

「いろいろ気になることがあるのだ」

「ははーん」

合点がいったとばかりに久万五郎はうなずき、

「さては、お志津さんから五十両の拝借を願われ、不審を抱かれたというわけですな」

「五十両の件については、不審など抱いていない」

当初は抱いたが、ふっ切った。

「ではなぜ？」

「志津はたしかに伊予大洲加藤遠江守家の馬廻りで、かつ上屋敷で仕法方頭取を勤めておられた神川某氏の娘なのか」

「お疑いなのですか？」

「事実を知りたいのだ」

「おっしゃるとおりです」

「志津から、ただそうと聞いているだけではないのか」

「いいえ」

と久万五郎は大きく頭を振っていう。

「お志津さんのお父上は神川勝右衛門《かつえもん》とおっしゃったのですが、わたしと勝右衛門様とは、勝右衛門様がまだ加藤遠江守家に仕えておられたころからの付き合いです」

「ほおー」

だったら、素性に嘘はない。

「あなたとお志津さんが住まっておられるお家は、勝右衛門様が遠江守様に御暇を申し渡されてすぐに移ってこられた家なのですが、あの家を勝右衛門様にお世話したのはわたしです」

「付き合いは長かったのだ？」

「そうですとも」

「なにゆえ、古くから付き合いがあった？」

「ご承知のように、御大名家はどこも貧乏しておられます。仕法方頭取というとなにやらいかめしゅうございますが、要は金策掛り。遠江守家も表方の金に困るだけでなく、御納戸金《おなんどきん》や御内帑金《おないどきん》など奥の金に困ることもしょっちゅう。それも三十両、五十両というわずかの金にです。そこで勝右衛門様はしばしば遠江守家の書画、骨董、刀剣等を当方に持ち込まれた。これでなんとかならないかと。萬屋は質屋じゃありませんん。ですがまあ相応に金利をいただけることでもありますし、ご融通し、やがて親しくなって、担保《かた》なしでご融通するようなこともありました。古くから親しく付き合いをさせていただいていたのは、さような次第でございます」

「沢村主膳という江戸家老はたしかに実在しておるのか？」

「もちろん」

「いまも江戸家老の任にある？」

「いかにも」

と久万五郎はいって、語調を強める。

「一体、どうしたのです？」

「どうもしない」

「お志津さんと一悶着あったようですねえ」

「悶着などない」

「五十両の件でお志津さんを疑っておられるようですが、弟さんはたしかにおられます。お志津さんの四つ年下で、越してこられた当座はあの長屋にご一緒に住まっておられました。何年前だったか、勝右衛門様の奥方様のお兄さんというお方が勤番で江戸へでてこられ、翌年大洲表に帰られるとき、勝右衛門様がお兄さんに預けられたのです。弟さんが百五十石でお取り立てになって金が要るというのは事実かどうか確めようもありませんが、お志津さんは嘘をつくようなお人ではありません。わたしは本当だと信じております」

素性は分かった。弟がいるというのも分かった。嘘でないというのも信じよう。だが、新婚二日目の晩に家を空けるというのはただごとではない。

「それはそうと」

といって久万五郎は運ばれてきた茶を口に含んでいう。

「菅谷三九郎があなたにぜひ会いたいと」

「例の一件でか」

菅谷三九郎は、五十両で北村幸四郎を殺してもらいたいといった。

「そういえば」

思いだした。

「例の一件はどうなった。おぬし、わたしがかわって引き受けてもいいと申しておった。引き受けたのか？」

「あなたが帰ったあと、なんならわたしがといったら、三九郎はご免こうむると。弥三郎さんでなければ任せられない、ということなんじゃないんですか」

「だったら、やはり例の一件なのだ」

「だろうと思いますが、どうされます。会われますか」

殺す相手は千葉道場の朋輩。仲間だ。できることではない。

「例の一件だったら断る。そう伝えておいてくれ」

そろそろ志津が帰ってくる。

「邪魔をした」

といって弥三郎は立ちあがった。

二

「お夕飯の買物をしておりました」

志津はいつも手にしている風呂敷包みとは別に、葱や大根などがはみだしている大きな風呂敷包みもぶらさげていて、台所に下ろして聞く。

「お夕飯を先になさいますか。それともお夕飯は後まわしにして昨夜の件を？」

帰ってくると、実は……と切りだすものとばかり思っていた。意外な申し様で、弥三郎は戸惑いながらいった。

「どちらでも」

「では、手許が暗くならないうちに」

といって志津は台所でコトコト音を立てはじめ、やがて鰯でも焼いているのか、魚を焼く匂いがして、腹がきゅうと鳴った。

鰯の焼き物、大根の下ろし、里芋と蒟蒻の煮物、やっこ豆腐、味噌汁、炊き立てのご飯と、ぜいたくな品はなに一つないが、それでもご馳走が箱膳の上に並べられる。

腹はへっている。

「いただきます」

と箸《はし》をとった。

食事がすみ、志津が片づけ、おもむろにすわっていう。

「昨夜はまことに申しわけのないことでございました」

「事情を聞かせてもらえば、それでいいのだ」

今朝はそれなりに興奮していた。さっきもだ。だが飯を食って腹がくちくなると、いくぶん気持ちは和《やわ》らいだ。まさかと思うが、あるいはそれが狙いだったか。

「現金はふつう、横山町《よこやまちょう》の島屋さんなど六組飛脚問屋さんをつうじて送ります」

あれ、腹を見透かされているのか、と弥三郎は思った。

「ですが伊予大洲加藤遠江守家では、毎月一度、江戸から大洲表へ、おもに手紙、そのほか浮世絵など江戸土産、金品等を長持ちに入れ、屈強のお武士《さむらい》さんに足軽身分二人が付き添って継ぎ送りをしております。長持ちには河野但馬守家の絵符《えふ》をつけます。雲助の類に狙われるなどということはまずありません」

それとも顔にでている？

「大洲表から江戸表へも同様、毎月一度、長持ちを継ぎ送りしているのですが、双方とも、出立は二十九日ということになっております」

　この時代の暦は大の月、小の月とあり、小の月の晦日《みそか》は二十九日だから、毎月の出立は二十九日ということにしたのだろう。

「昨日は二十五日。出立も間近で費用もかかりませんから、七十両は江戸家老沢村主膳様の荷物に潜り込ませていただいたのです」

「五十両のことについてはこだわっていない」

　弥三郎はいった。

「こだわっておられるのは、昨夜戻ってこなかったことについてでございますね」

「まあ、そうだ」

「わたしたち一家も、父が御暇をとらされる前は御屋敷で長屋住まいしておりまして、わたしは四つの歳から啓松院《けいしょういん》様にたいそうかわいがっていただきました」

　啓松院様って誰だ？　と思ったのが分かったかのように志津はいう。

「失礼いたしました。啓松院様とは先殿様《せんとのさま》の奥方様でございます。髪を下ろされて啓松院と名乗っておられます。そのころはまだ髪を下ろしておられませんでしたが、啓松院様も踊りもお三味線もお好きで、初午、玄猪《げんちょ》、五節句などに、奉公にあがってきている娘たちに三味線を弾かせて踊らせるのを楽しみにしておられました。ですがなにより手習がお好きで、またお上手で、毎月一度、奉公にあがっている娘たちはもとより屋敷内長屋の娘たちにも、散らし書きを差しだすようにとの仰せで、わたしも四つの歳に散らし書きを差しだしました」

色紙、短冊などに、一行を長くあるいは短く、間隔を広くあるいは狭く認めるのを散らし書きといい、おもに女性が女文字で和歌などを認めた。

「わたしは幸いなことに手跡の筋がよかったらしく、啓松院様の目に留まり、お部屋に呼ばれてじきじきに手習の教えを受けることになりました。わたしがいま、曲がりなりにも手習の代教として暮らしを立てていけるのも、元はといえば啓松院様のお教えがあったればこそでございます」

前置きはそのくらいに、と思う弥三郎の心がまた分かったように志津はいう。

「昨日、江戸家老沢村主膳様に送金をお願いしたあと、奥方様から、本当にお久しぶりだわ、お夕飯を食していきなさいとすすめられ、いただいていると啓松院様から使いがあって、志津がまいっているとか、会いたいと。どなたかが、御家老の家にわたしが訪ねてきていると耳に入れたらしゅうございます。日も暮れはじめておりましたから、ご挨拶だけのつもりでお部屋に伺いますと、話はあれからこれ、これからあれへと弾み、腰をあげようとしますと、いましばし、いましばしと呼び止められ、最後は泊まっておいきなさいと」

そういうことはなきにしもあらずだが、

「お夕飯をご馳走になっていたとき、主膳様の奥方様に、いつまでもお独り身で偉いわねえといわれ、結婚の挨拶もいたしておりませんから、はあ、と曖昧にお答えしてしまったのがそもそもの躓《つまず》きの元でした。啓松院様のお部屋には奥方様も同道されて、お志津さんはいまもお独りで暮らしを立てておられるのですよとおっしゃられ、ますますもって結婚しております、主人が待っております、それも新婚二日目ですといいそびれてしまったのです。まことに申しわけのないことでした」

話の筋は立っている。弥三郎は矛をおさめていった。

「湯屋にいく」

二日、湯に浸かっていない。

「わたしもご一緒します」

と志津はいい、表へでると、寄り添うように肩を並べた。

三

障子を開ける音がしたと思ったら、声がかかった。

「婿殿」

顔をあげて確かめるまでもない。菅谷三九郎だ。

「ここにいるというのは、萬屋さんから聞いたのですか」

弥三郎は筆を休めていった。

「さよう」

ここは山城屋の仕事場である。

「例の一件だったら、お断りします」

弥三郎は先手を打って、筆に墨を含ませた。

「それより婿殿」

と三九郎は部屋にあがり、腰をおろしていう。

「今日は何時に仕事を終えられる?」

午前中に二本。午後はいまのところないようだ。

「昼には」

「だったらすぐだ。待たせていただこう」

三九郎は煙草盆を引き寄せて煙を吹かしはじめる。

「これでよかろう」

弥三郎は脇に控えていた公事訴訟人に、目安を渡して立ちあがった。

「でよう」

と三九郎が立ちあがる。いわれるまでもない。どこかで飯を食うつもりだ。

「鰻《うなぎ》は好物かな」

三九郎が話しかけ、弥三郎は笑って答えた。

「鰻が嫌いな者はいない」

「奢ろう」

「ほお」

足を止め、目を丸くして弥三郎はいった。

「どういう風の吹きまわしだ」

「三月。いや、一月もないかもしれない。食いたい物が食えなくなる日がくるのが……。だからいまのうちになんでも、腹一杯に食っておかねばならない」

「なにをいっておる」

「遠島《えんとう》になるのだよ」

「誰が？」

「わたしが」

「なにイ！」

「わたしだけではない。萬屋久万五郎も、御数寄屋坊主の筑阿弥も」

「がらくたを高値で摑ませた一件がおかしくなったのだ？」

「詳しい話は部屋で」

両国広小路にきのえという鰻屋がある。きのえで部屋にあがって鰻をということになるとたいした勘定になるのだが、三九郎は自棄《やけ》になったかのように、酒、蒲焼き、鰻飯、吸い物と手当たり次第に注文して、観念したようにいう。

「わたしもちとやりすぎた」

「兄都築孝蔵のような貧乏旗本からも、情け容赦なくむしりとったのだから、たしかにやりすぎた」

「訴えがあって、御目付がわたしに目をつけおった」

「武士たる者が婿養子という餌に釣られて騙されるなど、恥ずかしいことだから訴えることなどまずない。そう見越してつぎからつぎへと騙りをやっておったのに、あいにく恥ずかしいことをやったのがいたのだ？」

「ずばり」

「そいつは赤坂中ノ町の古川藤左衛門？」

「婿殿は萬屋久万五郎から、藤左衛門の素性を調べてくれるようにとたのまれて調べたということだから、どんな男か知っていよう」

「どういう謂れがあるのか知らないが、甲子の晩には銀の小粒を一升枡一杯に詰め、神棚に飾って家内繁栄を願うという商人のような御家人。というより、株を買って御家人になったが、その実、陰で質屋を営んでいる正体は商人」

「だから恥ということを知らない。騙されましたと小普請組の頭支配に訴えた。それも支配には菓子折りに小判十枚、頭には菓子折りに小判五枚を敷き詰めて。薬が効き、頭支配は御目付にかくかくしかじかと報告。御目付は配下の御小人《おこびと》目付を使ってそれがしの周辺を嗅ぎまわりはじめた。すると、わたしと御数寄屋坊主筑阿弥と骨董屋萬屋久万五郎とが仕組んで、さる者に骨董を高値で摑ませたというのが御小人目付の耳に入った」

「あれは、誰を相手の狂言だったのだ」

「呉服屋に両替屋も兼ねている、江戸で三十本の指には入ろうかという、このところめきめき頭角をあらわしている新興の商人播磨屋重兵衛《じゆうべえ》。新興の商人は家具調度などにとかく重みをつけたがる。置物、掛け軸の類からはじまって、やがて骨董を漁りはじめた。そんな男に、御数寄屋坊主筑阿弥が目をつけたというのではない。逆で、播磨屋重兵衛のほうから、筑阿弥が目利きだというので近づいてきた。筑阿弥は御数寄屋坊主という役目柄たしかに目が利く。だけでなく相当の悪《わる》で、付き合いのあったわたしに一儲けしようと持ちかけてきて、萬屋久万五郎のことはかねて耳にしていたから、一口乗らないかと久万五郎を誘い、今度の狂言となった」

酒と、つまみに鰻の肝焼きが運ばれてきてしばし話は中断。手酌でやって、三九郎はつづける。

「婿殿は骨董にお詳しい？」

弥三郎は首を振った。

「ではなにゆえ、久万五郎の萬屋にせっせと足を運ばれておる」

「いろいろ。それより、播磨屋重兵衛に何を摑ませたのだ」

「天目《てんもく》茶碗というのもむろんご存じない？」

「まったく」

「天地の天に、目鼻の目で天目。唐《から》の国は浙江省《せっこうしょう》天目山の仏事に用いられたことにちなんでつけられた茶碗のことをいう。白天目、稲葉天目など逸品はさまざまあるが、千利休《せんのりきゅう》が豊太閤殿下《ほうたいこうでんか》から賜り、以後数奇な運命をたどって、さる大名家の手に帰したのに利休天目という逸品がある」

「千利休というと、太閤殿下から自害させられた茶道《さどう》」

「さよう」

「そんな謂れがあるのなら、やはりたいそうな逸品なのだ」

「千利休がどうのこうのというのは作り話。しかし、茶碗はがらくたではない。五十両と値の張る代物で、箱書などももっともらしくこしらえ、そいつに五百五十両と値をつけ、五百両まで値切らせて摑ませた」

「差し引き儲けは四百両？」

三九郎はうなずいて、

「それまでに二十五両ずつ二度まで儲けさせてやったものだから、やっこさん、のぼせあがって引っかかったという次第なんだが、さすがにめきめきと頭角をあらわした新興商人だけのことはある。騒ぐと恥の上塗りということになる。騙されたと分かっても、ぐっとこらえた」

「そこへ御小人目付が噂を聞きつけた」

「筑阿弥が馬鹿だった。播磨屋重兵衛を引っかけてやったと得意げに坊主仲間に話して聞かせたそうで、それが洩れて御小人目付の耳に入り、御小人目付は御目付に報告した。それでさらに厄介なことに、播磨屋重兵衛はいまを時めく御用御側《ごようおそば》山岡美濃守《みののかみ》の金主《きんしゅ》で、一件は御目付から山岡美濃守の耳に入った。御用御側は知ってのとおり、ことのほか威権を振るっている」

御側御用取次《とりつぎ》ともいう御用御側は何事をも将軍に取り次ぐ御役で、老中でさえ一目おいた威権ある御役だった。

「そしてまた山岡美濃守はついでのおり、しかじかと公方《くぼう》（将軍）様のお耳に入れた。公方様はそれがしのことを旗本の隠居でありながら、不埒である、改易《かいえき》の上、遠島を申しつけよと」

「誰に聞かれた？」

「当の御小人目付に。夜更けに御小人目付をこっそり訪ね、鼻薬を利かせて聞きだした。手の打ちようはないものかと考えてのことだったのだが、公方様のご指示とあらばもはや逃れられぬところ。わたしは近々、評定所ものとなって、改易の上遠島を申しつけられる」

「あなたは菅谷の名跡を売り渡されている」

「菅谷の名跡を買って、菅谷を名乗っておられる仁が、かわいそうなことに改易を申しつけられる」

「大枚をはたいてのことだろうに、その仁も運が悪かった」

「まったく」

「それで、筑阿弥も萬屋久万五郎も遠島ということになる？」

「付加刑として闕所《けっしょ》もつくはず」

「家屋敷に財産も取り上げられるのだ？」

「さよう」

「久万五郎もとうとう年貢を納めるときがきたというわけだ。いろいろ悪さはしておったが、根はいいやつだったのに」

なにより志津を引き合わせてくれた。

「お待ちどおさま」

やっと蒲焼きと鰻飯が運ばれてきた。鰻はいいのだが待たされるのが辛い。

「いままでは前置き。つづきはこれらをたいらげてから」

といって三九郎は箸をつける。弥三郎も箸をつけ、二人は黙々と箸を動かした。

「さてと」

三九郎は箸をおき、茶をすすって声をひそめる。

「いつか婿殿に、五十両で人一人を殺してもらいたいとお願いした」

弥三郎はとぼけていった。

「相手は誰だっけ」

三九郎はいちだんと声をひそめる。

「出羽秋田佐竹右京大夫家の江戸詰めの家来北村幸四郎」

弥三郎はさらにとぼけていった。

「何者なのだ。その男」

「北村幸四郎が何者かを聞いていただく前に、これからお願いすることを聞き届けると確約してもらわなければならない。聞き届けていただけますな、婿殿」

「話の中身を聞かずに、聞き届けると確約するわけにはまいらぬ」

「まあ、そうだ。しかし婿殿はきっと聞き届けてくださる。そう見込んでのことで、また婿殿の器量を買ってのことでもあるから、素直に話をいたし申そう。上州佐波郡西久保村に光明寺という寺がある」

北村幸四郎もそう切りだした。

「当住、つまり現住職賢海法印はわたしの倅」

「なんだって？」

「わたしには娘しかいないと思っておられたのであろう」

「いかにも」

「わたしは貧乏御家人の三男坊で、婿殿とおなじように厄介だったが、そんなわたしでも人並みに恋をした」

「へえー」

「その面でといいたいのだろうが恋は面相ではない。誠意だ。誠意さえあれば通じる」

「あとは押しの強さ」

「それもある」

「近所の旗本屋敷の出替わり女を口説きに口説いてものにした。子ができた。旗本は烈火のごとくに怒ったができたものは仕方がない。出替わり女は国に帰り、子はわたしが育てることになった」

「そんな男によくもまあ、婿養子の口などかかったものだ」

「そこはよくしたもの。菅谷の娘がふしだらな女で、役者買いをして子を孕《はら》んだ。腹はだんだんせりだしてくる。婿を迎えて格好をつけねばならぬ。といってもそんな娘の婿になる男などそうそういない。というわけでお鉢がわたしにまわってきた」

「ではあの、多喜というお娘御は……」

「さよう、女房と役者の間に生まれた子だ」

「道理で」

「わたしとは似ても似つかぬといいたいのだな」

「そのとおり」

といって弥三郎は聞いた。

「多喜殿は三九郎殿の子でないというのをご存じなのかな」

「いや、知らない。わたしの子だと信じている。だからいつもいって笑っておる。鳶《とんび》が鷹《たか》を生むって本当ねって」

見合いの席のとき、三九郎の横にしゃなりとすわった。また多喜でございますと臆することなく名乗った。二度も婿を迎えている。いまさら初に振る舞ってもはじまらないところだろうと思った。血筋なんだ。役者の娘なら、ああ振る舞っても不思議はない。

「そんなわけで、実家に残っていた倅をなんとかしてやらねばならない。ご存じかどうか、坊主もいまでは株。値がついて売り買いされている。佐波郡光明寺の株は、光伝という当住が死んだらという条件付きだったので、いくらか安かったのだが、それでも百五十両した」

「大金だ」

「寺の檀那連中は光伝が死んで、棚から牡丹餅のように倅賢海が跡を継いだと思っているが、元手はたっぷりかかっている」

「元手は回収にかからなければならない」

「さよう。御祈願所というのをご存じかな」

「いいや」

弥三郎はまたとぼけた。

「京の五摂家や堂上方の先祖の位牌を招聘して供養をする所だ。御位牌所ともいう」

「京の五摂家や堂上方の先祖の位牌を供養することにどんな意味がある？」

おなじくとぼけていった。

「婿殿も相当に世間ずれしているようだが、まだまだ知らぬことがあると見える。こうだ。ついでに雀の涙の御供養料というのを頂戴し、御供養料に水増しして高利で貸しつける。御寺社の祠堂金《しどうきん》とおなじ。滞れば、御供養料である、不届きである、公辺に訴えると脅しつけて回収する。それでも払わなければ、味方につけている村役人に預けて痛めつける。取りっぱぐれはまずない」

「ということは、光明寺もどこかの御祈願所になったということなのか？」

「五摂家二条家の御祈願所になった。六代前とか七代前とかの、なにとやらん御先祖の位牌を頂戴して」

「そうか。倅を光明寺に入れるために、また御供養料に水増しする資金にするために、持参金付きの婿をとっては追いだし、最近は株もないのに、婿を婿をと騙りを持ちかけていたのか」

「ようやくお分かりになったか」

「本所割下水の家が安普請だったのもそのせいなのだ。家にまで手がまわらなかったのだ」

三九郎はうなずいていう。

「世の中には悪い野郎がいる」

「自分はどうなのだ」

三九郎は無視して、

「檀那の一人の利助という博奕打ちがそうで……」

北村幸四郎はたしか利助のことを百姓といっていた。

「こいつが倅を追いだしにかかった。代坊主を立てて、わたしがせっせと築いた利権を奪おうと……」

世の中のことには裏と表がある。北村幸四郎がいっていたことは、裏を返せば三九郎がいうようなことになるのだろう。

「そして利助に、さっきいった出羽秋田佐竹右京大夫の家来で江戸詰めの北村幸四郎なる男がどういう事情なのか軍師《ぐんし》について、御寺社へ訴訟ということになり、駕籠訴をやって強引に御寺社に受けつけさせた。倅はわたしのいいなりにやっていたのであって、わたしのように知恵がまわるわけでなく、わたしがいなくなると倅の手に負えなくなる。お願いというのは、婿殿は公事訴訟に強いことでもあり、わたしにかわって、倅を助けてやってもらいたいということでござる」

「北村幸四郎を殺してもらいたいという件は？」

「北村幸四郎がまたまた利助らに知恵をつけて御用番の御老中に駕籠訴するなどということをやった直後だったから、かっとなってああいったが、御寺社が受けつけてしまったとなると、殺したところで意味はない。それより婿殿の力と知恵を借りることのほうがよほど意味がある」

金の匂いがぷんぷんする。こいつはかなりの金になりそうだ。弥三郎はいった。

「そういうことならお安い御用。賢海法印さんをお助けいたそう」

「かたじけない」

三九郎は頭をさげて、

「わたしは御祈願所の一件で味をしめ、江戸でも同様のことをはじめた。こっちのほうは娘の多喜が引き継ぐことになるのだが、女一人だとなめてかかられる。だから多喜の後ろ盾にもなってやってもらいたい」

「同様のことって？」

「それはおいおい多喜がお話しする。わたしは島に送られる前にしておかなければならないことが多々あって忙しい。明日にでも多喜を出向かせる。お住まいは？」

「新婚早々だ。若い婦人にこられると連れが気を揉む。出向いてこられるのなら山城屋へということにしてもらいたい」

「所帯を持たれた？」

「うむ」

「ゆくゆくは多喜と一緒になってもらいたいと思っておったのだが、どなたと？」

「三九郎殿には関わりのないお人」

三九郎に語って聞かせると、志津が汚《けが》れるような気がした。

冷たい雨

一

志津が箸をおき、茶をすすりながらいう。

「久万五郎さんは遠島になるという噂ですが、本当ですか」

弥三郎も箸をおいて聞いた。

「誰に聞いたのだ」

「菊屋の旦那様から。本当なのですか」

弥三郎は首を振っていった。

「わたしには分からぬ」

「あなたは公事訴訟事にお詳しく、またその筋の書類なども取り寄せて、知ろうと思えば知ることができるのでございましょう」

「わたしは山城屋で目安や返答書の代筆をしているだけ。その筋の書類だがまだできていないはずで、取り寄せようがない。それに噂が本当だと分かったところで、どうにかなるというものでもない」

「さようではございましょうが、久万五郎さんには父の死後、なにかにつけお世話になりました。他人事とは思えないのです」

「あの仁はあれでなかなかに油断のならぬお人だったが、そなたにだけは親切だった」

「とてもよくしていただきました。とかくをいうお人もおられますが、わたしには信じられません」

志津はそういい、立ちあがって後片付けをはじめた。

菅谷三九郎が、倅の光明寺当住賢海と娘多喜のことをくれぐれもよろしくと頼みにきた三日後だった。三九郎、久万五郎、御数寄屋坊主筑阿弥の三人は一網打尽にされた。

一件は騙りだが、一件にどういう刑罰を当て嵌めるかは難しい。また刑罰は身分によって異なり、旗本の隠居三九郎、御数寄屋坊主の筑阿弥、町人の久万五郎がおなじ刑罰を申し渡されることにはならないが、『御定書』にはまずこうある。

あらかじめたくらんで、せしめた金が一両以上なら死罪（死刑）――。

これだと三人は死罪になる。だが播磨屋重兵衛は善意の被害者とはいえない。欲につられた被害者で、どっちもどっちのところがある。播磨屋重兵衛を差し置いて、三人を杓子定規に死罪とするのは片手落ちの感がないでもない。

『御定書』にはまたこうもある。

さくらを使って偽物を売った者は入墨の上中追放――。

筑阿弥と播磨屋重兵衛とが連れ立って萬屋に出向く。久万五郎が「これなど、およろしいのではないでしょうか」とすすめる。播磨屋重兵衛が筑阿弥に「値打ち物でございましょうか？」と聞き、筑阿弥が「これは掘り出し物だ」とすすめる。この場合、筑阿弥がさくらの役割を果たしているのだが、そうやって偽物を売った者は入墨の上中追放ということになっていた。

この規定を当て嵌めると町人の久万五郎だけに適用される入墨はともかく、三人は中追放ですむ。だがこれは、真鍮《しんちゅう》の目貫《めぬき》（刀剣類の飾り金物）を金の目貫と偽り、往来でさくらを使って売りつけた者に申し渡された規定だ。真鍮の目貫を金の目貫と偽って通りすがりの者に売りつけるのと、五十両の茶碗を五百五十両と偽って、狙い定めた相手に売りつけるのとでは質《たち》の悪さが違う。入墨の上中追放では軽すぎる。どっちにしろ、菅谷三九郎については将軍が直《じか》に「旗本の隠居でありながら、不埒である。改易の上、遠島を申しつけよ」といっている。だから三人ともに遠島を申し渡すのが妥当なのではあるまいかというのが評定所で審理に当たっている役人の見解とかで、そのことがどこからか洩れて菊屋の耳に入ったというところであろう。

「水をお願いします」

志津にいわれて弥三郎は立ちあがった。

夕食後、洗い物をすませると水瓶の水はほぼなくなる。三人が捕まって一月余、水を満たしておくのは弥三郎の役目といつしか決まったように、弥三郎と志津との間は平穏にうちすぎていた。二人は世間でよく見かける幸せな新婚の夫婦と変わりなかった。

しかし、突然「およろしかったら、今日これから、祝言ということにしていただけませんか」といわれ、祝言を挙げるとその翌日「不躾《ぶしつけ》なお願いで恐縮ですが、五十両を拝借願えませんか」とせがまれ、さらにその晩、黙って家を空けられた。あの二日は驚きの連続だった。この一月余は何事もなく、平凡に月日が流れているが、それはなにやら嵐の前の静けさのように思えなくもなく、弥三郎は得体の知れない不安を感じないでもなかった。

「湯屋にまいりましょう」

水瓶に水を満たすと志津がいう。夏に入っていて、日中は汗ばむ。志津は女だ。汗を流したいのだろう、湯屋には毎日欠かさずに行く。弥三郎は着替えを持って志津の後につづいた。満天の星が空一杯に輝いている表通りにでると、志津はいつものように人目も憚らずに寄り添ってきた。

二

「ご免」

声がかかる。志津を送りだし、そのあと半刻《はんとき》（一時間）ばかりして弥三郎も家をでるのだが、まだ四半刻（三十分）もある。のんびり書を開いていた。

「どなたかな？」

弥三郎は障子戸越しに聞いた。

「北の臨時廻《りんじまわ》り佐久間伝兵衛《さくまでんべえ》と申す」

はて、町方が何の用だろう。思い当たる節がない。首をひねりながら、弥三郎は障子戸を開けた。

「都築弥三郎殿でござるな」

佐久間伝兵衛と名乗った男はいう。

「いかにも」

「大番屋《おおばんや》にご同行願いたい」

弥三郎は首をひねって聞いた。

「なにゆえ」

「萬屋久万五郎らの騙り一件について、聞かせていただきたいことがござる」

「あいにくだがこのあと、仕事が立て込んでいる」

いつもの目安、返答書の代筆仕事だけではない。菅谷三九郎の倅光明寺当住賢海に御差紙《おさしがみ》がつき、賢海は江戸へでてきて、博奕を打つのが本業とかの百姓利助らと争うことになり、その公事訴訟を助けていた。また三九郎の娘多喜の相談にも乗っていた。このところやたら忙しくしていた。

「聞かれたいことにはこの場でお答えする。なんなりと聞かれよ」

弥三郎はいった。

「大番屋で吟味方与力《ぎんみかたよ》柴田剛平《りきしばたごうへい》様が待っておられる。聞かれるのは柴田様。ご同行いただきたい」

弥三郎はいらだった。

「だから仕事が立て込んでいると申しておる」

「拒まれるとあらば、縄をかけてでもお連れいたさねばならぬ」

「なにイ！」

佐久間伝兵衛には、岡っ引面《づら》したのと、その手下がヒイ、フウ、ミイと三人も付き従っていて、三人は腕をまくる。売り言葉に買い言葉で、弥三郎はいった。

「面白い。かけてもらおう」

弥三郎は鯉口《こいぐち》が切れるように刀に手をかけ、腰を落とした。佐久間伝兵衛、岡っ引、手下の三人は十手《じって》を腰から抜き取って構える。

「お待ちください」

男が割って入る。

「誰だ？」

佐久間伝兵衛が聞く。

「わたしはここ甚兵衛店の家主《いえぬし》太左衛門《たざえもん》です」

甚兵衛店は、甚兵衛なる男が所有する長屋。家主太左衛門は甚兵衛店の賃貸管理人で、同時に町役人でもある。家主は全員が町役人を兼ねさせられていた。

「都築様と話をさせてください」

太左衛門は佐久間伝兵衛に断り、弥三郎に向かっていう。

「都築様はなるほど御旗本の弟様でいられます。ですが、ただいま現在はわたしが差《さ》配《はい》している甚兵衛店に住まっておられる。だったら、町方の御指図に従っていただかなければなりません。それがお嫌ならば、甚兵衛店をでて、駿河台の御屋敷にお戻りください。そうなされれば佐久間様も、縄をかけてもなどとおっしゃられず、しかるべき筋を通して掛け合われましょう。さようでございますね。佐久間様」

「そのとおり」

佐久間伝兵衛はうなずく。

「いかがでございます。都築様」

郷《ごう》に入っては郷に従えということか。

「分かった。同行いたそう」

弥三郎は戸締まりをして、佐久間伝兵衛の後につづいた。

犯罪者の追跡、捕縛に当たるのは、佐久間伝兵衛ら南北両町奉行所の定廻《じょうまわ》りに臨時廻りで、彼らは全員八丁堀《はっちょうぼり》の組屋敷に住んでいた。そこで便宜上、八丁堀の北、日本橋川沿いに大番屋なる仮牢《かりろう》兼調べ番所がおかれるようになった。ほかにも八丁堀の周辺八ヵ所に調べ番屋がおかれていた。それゆえ町奉行所の予審の判事ともいうべき吟味方与力も、しばしば大番屋や調べ番屋に出向いて被疑者を取り調べた。

「小普請組支配組頭都築孝蔵殿厄介都築弥三郎殿でござるな」

調べ番所の框《かまち》に腰をおろしていて、柴田剛平は問いかける。

「否《いな》」

と答えて、弥三郎はいった。

「ご当地浪人、都築弥三郎でござる」

「しからばお伺いする」

柴田剛平はあらたまる。

「浪人であるということをどうやって証明される」

「うっ」

弥三郎は詰まった。小普請組支配組頭都築孝蔵の厄介だったということが証明されないかぎり、浪人ということにはならない。浪人でござるといったところで自称浪人。でるところへでるとただの人になり、ただいまは田所町に住まっていて人別帳に名前が記載されていないから、田所町無宿、自称浪人都築弥三郎ということになる。

「浪人は自称でござるのか」

柴田剛平は畳みかける。

兄孝蔵と兄嫁登喜の前で、「なにかがあって御番所（町奉行所）などから身分の問い合わせがあったら、都築弥三郎なる者は当家に関わりのない者といっていただいて結構」と啖呵《たんか》を切った。いまさら都築孝蔵の弟でござる、駿河台の都築孝蔵に問い合わせていただきたいとはいえない。弥三郎はいった。

「仰せのとおり田所町無宿、自称浪人都築弥三郎でござる」

「だったら」

といって柴田剛平は威儀をあらためる。

「頭《ず》が高い。控えろ」

弥三郎は突っ立ったまま対応していた。わざと胸を反らしていった。

「ご免こうむる」

「それっ！」

柴田剛平は扇子を振る。

「えい」

「やっ」

同行してきた佐久間伝兵衛ら五人が気合を入れて両側から組みつく。両刀は入口で預けさせられている。刀を手にしてどうにかなるのであって、手にしていなければさすがに五人もの男を相手にはできない。左右から腕を取られて、素早く縄をかけられた。柴田剛平は勝ち誇ったようにいう。

「たとえ浪人であっても、吟味に当たっては百姓、町人、足軽、中間《ちゅうげん》らと同様、御白《おしら》洲《す》に控えねばならぬ。自称浪人ならなおのこと」

弥三郎は目を剝《む》いていった。

「縄を解け！」

「萬屋久万五郎ら騙《かた》り一件の同類ではないかと、おぬしにも嫌疑がかかっておる。おいおい取り調べる」

「理不尽な！」

弥三郎が声を張りあげるのを無視して、柴田剛平はいう。

「伝兵衛、耳を藉《か》せ」

佐久間伝兵衛は耳を寄せ、柴田剛平が何事かささやく。はい、はいとうなずいていて、伝兵衛は弥三郎にいう。

「ご同行願おう」

伝兵衛が先に立ち、岡っ引がうながす。後ろ手に縛られて自由が利かない。仕方がない。後につづいた。

「お入り願おう」

入るとそこはなにもない、こぢんまりした殺風景な部屋で、伝兵衛は岡っ引に目配せする。岡っ引は縄をほどく。

「しばしこの部屋でお待ちいただきたい。縄をおかけしないからといって、逃げるなどという了見は起こされないように」

弥三郎は壁にもたれて目をつむった。一刻《いっとき》半（三時間）ほども待たされたろうか。

「お呼びである」

牢番がやってきていう。

牢番二人に前後を挟まれ、さっきの調べ番所に連れていかれた。柴田剛平は框の上の畳にすわっていていう。

「駿河台の小普請組支配組頭都築孝蔵殿に問い合わせた。子細があって、都築弥三郎なる者を取り調べねばならない。貴殿と関わりのあるお人でござろうかと」

念のため、駿河台の屋敷に使いを走らせたのだ。それで、兄はなんといった？

「都築孝蔵殿がおっしゃられるのに、都築弥三郎なる者の言に任せると」

なるほど、そうでたか。

都築孝蔵の厄介でござるといえば、こんなところで取り調べなど受けなくてすむ。しかすると都築孝蔵の厄介という身分に戻り、駿河台の物置を改造した牢獄のような部屋で、生涯連れ合いを持つこともなく、もちろん志津とも別れて、老いさらばえなければならなくなる。

それが嫌で、兄や兄の一家ときれいさっぱり縁を切るつもりで、家をでたのだ。それにいまさら都築孝蔵の厄介でござるなどと、口が曲がってもいえない。そうか、いえないと分かっていたから、兄は、都築弥三郎なる者の言に任せるといったのか。おのれに下駄を預けたのだ。兄のことだから、当然兄嫁に相談しているはず。あるいはこれは兄嫁の意向なのかもしれない。気安く、浪人、浪人といっていたが、いよいよ腹を括る時がきたのだ。

「いかがでござる」

うながされて、弥三郎はいった。

「小普請組支配組頭都築孝蔵なる仁に縁はござらぬ。拙者はさきほども申したように、田所町無宿、自称浪人都築弥三郎でござる」

「自称浪人はすべてにわたって町人と扱いがおなじ。貴殿の場合は、そのうえに無宿となる。よろしいのでござるな」

「いかにも」

「ならば、そこに土下座《どげざ》されよ」

弥三郎はいわれるまま、土下座した。

「そのほう」

柴田剛平は言葉をあらためていう。

「萬屋久万五郎らが金吹町《かねふきちょう》の呉服兼両替商播磨屋重兵衛を欺《あざむ》き、騙り取った四百両のうちの五十両を横からふんだくった。相違ないな」

「誰がそのようなことを」

「御数寄屋坊主の筑阿弥だ。その目でしかと見たと。旗本菅谷三九郎も、骨董商萬屋久万五郎も、三九郎からそのほうに五十両が渡ったことは、相違ないと認めておる」

「たしかに菅谷三九郎殿から五十両を受け取った。されど、それには子細があってのこと。三九郎殿はいかが申しておられる」

「借りた金をお返ししたのであると」

「そのとおり」

「では聞くが、なにゆえ、五十両もの大金、無宿の自称浪人が所持しておった。金の出所を申せ」

明かすと厄介なことにならないか。しかし明かさなければ、もっと厄介なことになりそうだ。弥三郎はいった。

「それがしはただいまは自称浪人でござるが、ついこの前まで、小普請組支配組頭都築孝蔵の厄介でござった。それで都築孝蔵はそれがしを菅谷三九郎殿の婿養子にするため、持参金として三九郎に五十両を前渡しした。ところがその後、三九郎殿が約を違えた。によって、それがしは都築孝蔵にかわり、三九郎殿から五十両をお返しいただいた。出所は小普請組支配組頭都築孝蔵でござる」

「さっきは、小普請組支配組頭都築孝蔵なる仁に縁はござらぬといった。いまは、ついこの前まで、都築孝蔵の厄介でござったという。都築孝蔵との関係は？」

「たしかに厄介でござったが、互いに合意の上で縁を切ったということでござる」

「勘当されたのか」

「ちと違うが、似たようなものでござる」

「すすんで身を落とそうというわけだ」

「落とすつもりはない」

「では、なにか悪いことをしでかして、都築孝蔵殿に迷惑がかかってはならぬと慮《おもんぱか》っての縁切りか」

「厄介という身分に飽き飽きしてのことでござる」

「本当にそうなのか」

柴田剛平は疑わしげにいってつづける。

「まあいい。菅谷三九郎から五十両を受け取った場所は？」

「大門通りの骨董屋萬屋久万五郎の奥座敷」

「同席していた者は？」

「菅谷三九郎、御数寄屋坊主の筑阿弥、骨董商萬屋久万五郎」

「三人ともに一件の同類。しかもその席で儲けの四百両は分配されておる。そんな席に、なぜ同席しておった」

「たまたまでござる」

「おぬしも同類であろう」

「同類ではない。御数寄屋坊主の筑阿弥など、会ったのはあのときが最初で最後だ」

「さあ、その筑阿弥だ。筑阿弥の申すのに、おなじ席で菅谷三九郎から、人一人を殺してくれとたのまれたそうだなあ」

なにイ。

「筑阿弥がそう申しておる」

そうか、助かりたい一心で、筑阿弥があることないこと申し立てたか。

「引き受けたのか」

「断った。それは筑阿弥も側で聞いていたはず」

「上州佐波郡西久保村光明寺の当住賢海が三九郎の倅であるというのは承知していようなあ」

うん、なんだ？

「どうなんだ」

「いかにも、承知しておる」

「その賢海、および三九郎の娘多喜と、このところしばしば会っておる。そうだな」

ここ何日か、尾行していたのか？

「どうだ！」

「たしかに会っている」

「賢海の出入の相手は東久保村の百姓利助らで、利助らを腰押しているのが出羽秋田佐竹右京大夫家の江戸詰めの家来北村幸四郎。三九郎に人一人を殺してもらいたいとたのまれた相手というのは、北村幸四郎であろう。違うか」

「そのような名がでたかと思うが覚えておらぬ」

「三九郎に北村幸四郎を殺してくれとたのまれ、そのあと、北村幸四郎に世話になっている百姓利助らを出入の相手としている賢海としばしば会っておる。ということは北村幸四郎殺しを引き受けて、なにやかやと相談しておったということではないのか」

「偶然なのだが、北村幸四郎はお玉ケ池千葉周作の道場の剣術仲間。仲間を殺してくれといわれて、引き受けたりするものか」

「ならばその後北村幸四郎殿に会っているのに、なぜ北村幸四郎殿に、三九郎からおぬしを殺してくれとたのまれたのだが云々と教えなかった。なぜ黙っていた」

北村幸四郎にも会って質しているのか。

「それは……」

「殺す機会を狙っていたからであろう」

「北村幸四郎に会ったのは、賢海としばしば会うようになったずっと前だ」

「だが北村幸四郎殿に会う前に、おぬしは萬屋の奥座敷で三九郎から北村幸四郎を殺してくれとたのまれておる」

うーん。どう順序立てて説明すればいいのだろう。

「おなじ席で、萬屋久万五郎はこう申しておる。なんなら、わたしがかわって引き受けてもいいと。萬屋久万五郎は万引き受けを裏の稼業にしておって、たのまれれば人殺しも引き受けていたとか。なぜそのような男と付き合っておった」

「…………」

「なぜだ」

「だから、あれこれと頼み事があって」

「なにをたのんだ？」

最近では御宿村の源右衛門の人別を作ってもらいたいとたのんだ。

「まあいい。いずれおいおい糺《ただ》すとして、そのほうには怪しい所業がありすぎる。本所の不良御家人も顔負けだ。叩けばいくらでも埃がでよう」

たしかに叩かれれば相当に危ない。

「だから迷惑がかからぬように、小普請組支配組頭都築孝蔵殿とも縁を切ったということでもあろうが、明日、小伝馬町《こでんまちょう》に送って、きびしく取り調べる。牢番」

柴田剛平は、控えている牢番に声をかけていった。

「こやつを仮牢に放り込んでおけ」

三

大番屋の仮牢は板壁・板敷の大部屋で、汗や脂や垢《あか》の饐《す》えた悪臭が充満していて、老若男女、鰥寡孤独《かんかこどく》、都鄙貴賤《とひきせん》が所狭しと後ろ手に縛られ、板壁に打ちつけられた金輪に縄の先を括りつけられている。弥三郎もそんな一人にさせられた。

志津はどうしている。

当然のことながら、弥三郎は志津のことを思った。

事態は、家主太左衛門から聞いて知ったろう。大番屋は小伝馬町の牢ではない。仮牢だ。袖《そで》の下さえ使えば面会は可能だ。

くるだろうか。

志津の職業は手跡指南。世間の人の鑑《かがみ》とならなければならない手習塾の代教。なのに、捕まって遠島になりそうな男久万五郎から紹介してもらって一緒になった男が、遠島者久万五郎の同類として捕まった。くるどころの騒ぎではない。自分のことで精一杯のはず。

こない。くるはずがない。

そう確信したとおりだった。志津はこなかった。

「都築弥三郎」

夜が明け、物相飯《もつそうめし》を食わされるとすぐ、声をかけられた。もとより様も殿もつけられない。呼び捨てだ。後ろ手に縄をかけられたまま、いかにも悪党と分かる五分《ごぶ》月代《さかやき》で髭面《ひげづら》の男たち三人と数珠繋《じゆずつな》ぎにされて、北の御番所（町奉行所）に向かわされた。

被疑者を小伝馬町の牢に送るには、仮口書《かりくちがき》という仮の調書を作成し、被疑者を町奉行所に送って、奉行の花押《かおう》のある入牢《じゆろう》証文というのを頂戴しなければならない。その入牢証文を頂戴しに、北の御番所に向かわされているのだ。

それで、被疑者を小伝馬町の牢に送ったはいいが、無罪だったというようなことがないでもなく、そのような場合、送った吟味方与力は面目をなくす。だからあらかじめ、大番屋で慎重かつ徹底的に調べたのだが、弥三郎は仮口書さえ取られていない。ということは、柴田剛平はおのれ弥三郎を有罪に持っていく相当の自信があるということなのだろう。久万五郎が、駿東郡御宿村《すんとうごおりみしゆくむら》源右衛門の人別作りを打ち明けているとも思えないが、そうだとしたら一巻の終わり。この身は獄門。無理をし過ぎたのだろうか。屋敷内で大人しく静かに暮らしていなければならなかったのだろうか。

「おっ母さん」

という声がして、振り返った。

三つ四つの女の子が指をさしていて、母親があわてて手を押さえる。あの人たち何をやったの？　とかなんとか聞こうとしていたのだろう。通りすがりの者の目にはおそらく極悪非道の大悪人と映っているに違いない。

なんでこんなことになってしまったのかと、いまさら悔いてもはじまらない。自分で選んだ道だ。

「すわれ」

といわれて北の御番所の御白洲にすわらされ、待たされた。入牢証文はすぐにくだされた。

弥三郎らはつづけて、小伝馬町の牢に向かわされた。

小伝馬町の牢は、山城屋のある馬喰町二丁目から西へ五町（五百メートル余）、千葉道場のあるお玉ケ池から南へ二町（二百メートル余）ほどの距離だが、むろん馴染みなどあろうはずがない。表五十二間二尺、奥行五十間。総坪数二千六百七十七坪の牢屋敷の潜から、弥三郎らは中に入った。

牢は身分によって入れられる部屋が異なる。揚《あが》り座敷は御目見以上の直参《じきさん》。揚り屋は御目見以下の直参に陪臣《ばいしん》。そのほか町人を収容する大牢、百姓を収容する百姓牢、無宿を収容する無宿牢、女を収容する女牢等々があり、浪人や足軽はここでも町人とおなじ扱いを受けて大牢に収容されたが、弥三郎は無宿。戸籍のない自称浪人。

「そのほうは無宿牢だ」

と牢役人鍵役《かぎやく》がいう。

無宿牢は正しくは二間牢といわれていて、建物の東西に一つずつある。広さは各三十畳敷き。東の無宿牢の前で、

「褌《ふんどし》一つの裸になれ」

とまた鍵役がいう。

地獄の一丁目があって二丁目がないところともいわれている小伝馬町の牢は日が射さない。昼でも暗く、夏は蒸し暑く、蚤虱《のみしらみ》が湧いて不潔きわまりない。頑健で五体満足な者でも、風邪をこじらせたりして大病を患い、あっという間にあの世へということが少なくない。

また所狭しと詰め込まれていて、一畳の広さに三人、四人、五人ということも珍しくなく、収容される者は少なければ少ないほどいいといわんばかりに「作造り」といって、間引きが半ば公然とおこなわれた。それをまた囚獄関係者は見て見ぬ振りをし

た。死ぬはずのないやつが死んで、「存命なら死罪」「存命なら遠島」という裁断（判決）がくだされるのはしょっちゅうだった。

弥三郎は山城屋へ長年出入りしていて、そこいらのことはよく耳にしていた。ここまできたら、いまさら逆らってもはじまらない。間引きされないように、従順になり、屈辱にも耐えて、生き延びなければならない。

「二間牢！」

鍵役が呼ばわる。

「へーい」

中から声が返ってくる。

「牢入りがある。井戸《いど》対馬守《つしまのかみ》殿御掛り。田所町無宿、浪人都築弥三郎。二十六歳。萬屋久万五郎ら騙り一件の者」

「おありがとうございます」

また中から声が返ってきて、弥三郎は衣類を抱え、褌一つで留口《とめくち》から転がるように中に入った。

「さあ、こい」

尻を突きだせというわけだ。

「パシッ！」

「うっ」

弥三郎は思わず声をあげた。

極《き》め板を持った男に尻を思いっきりひっぱたかれたのだ。

牢内では古株から順に牢名主、添役、角役《すみやく》、二番役、三番役などという役について威張り散らしているのだが、何番役かがいった。

「土産をだせ」

地獄の沙汰も金次第という。牢にはつるという金を襟元などに忍ばせて入り、牢名主に差しださなければならない。牢名主らはその金で、鍵役に鼻薬を利かせて出前を取ったり、時には酒を買って酒盛りをしたりする。つるを持たない新入りはさんざんにいびられる。時にはいびり殺されることもある。

幸い弥三郎はこのところ、目安・返答書の代筆という仕事が繁盛していて懐が豊かだった。懐中には小判、桜銀などで五両余もあった。隠してもはじまらないし、隠す場所もない。

「どうぞ」

とそっくり差しだした。何番役かは受け取って、牢名主に差しだす。

「うむ、心掛けのよいやつだ」

心掛けもくそもないが、牢名主はそういって目を細める。まずは手酷い仕打ちを受けなくてすみそうで、末席の三分の一畳分の広さがあてがわれた。

わずか三分の一畳だ。しかし文句はいえない。いってもはじまらない。とにかく生き延びなければならない。

まる一日が過ぎた。

「新入り、こっちへこい」

牢名主が呼ぶ。弥三郎はにじり寄った。

「今日からそこの半畳分にすわらせてやる」

と牢名主がいう。どういうことか分からぬが、頭をさげていれば間違いない。

「有り難うございます」

手をついて頭をさげた。

「耳を藉せ」

牢名主はいう。弥三郎は近づいて耳を寄せた。

「娑婆《しゃば》にでることがあったら、山城屋に礼をいうこった」

山城屋弥市は商売柄、牢に顔が利く。差し入れの口利きもしている。どうやら山城屋弥市が、鍵役を通じて牢名主に鼻薬を利かせたということのようだ。

「仰せのとおりに」

弥三郎はまた頭をさげた。

新入りは牢名主の受けがいい。囚人仲間はそう察知した。弥三郎をいびったりする者はいなかった。どうにか生き延びることだけはできそうだった。

吟味方与力柴田剛平から、呼びだしは一向にかからなかった。

柴田剛平は御数寄屋坊主筑阿弥があれこれしゃべったことを手掛かりに、思いもよらぬことまで調べ、北村幸四郎にまで当たっていた。菅谷三九郎はたしかに北村幸四郎を殺してくれといったが、それは断った。幸四郎を殺してはいない。幸四郎は現に生きている。そのことで罪には陥れられない。

五十両については、筑阿弥がどういったかは知らないが借りた金を返してもらったのだ。菅谷三九郎もそう証言してくれている。久万五郎も同様の証言をしてくれたろう。これも問題ない。

柴田剛平はおそらくほかにもいろいろ都築弥三郎は悪事を働いているはずと探しているのだろうが、萬屋久万五郎が源右衛門の人別を作ったことまで明かすわけがない。明かせば本人も獄門。口が曲がってもしゃべらない。これまたなんら恐れることはない。

大番屋で柴田剛平に追及されたときは、身辺をあまりに詳しく調べていたので仰天してこれは危ないと思ったが、なに、柴田剛平はなに一つ摑んでなどいないのだ。だから調べようがなく、放ったらかしにしているのだ。

おなじ牢にいる、菅谷三九郎は旗本の隠居だから揚り座敷に、筑阿弥は御数寄屋坊主だから揚り屋に、町人の久万五郎は大牢にいるはずなのだが、消息は聞こえてこない。牢名主を通じて聞けば分かるのだろうが借りはつくりたくない。したがって三人の調べがどこまで進んでいるのかも分からない。

「朝夕、ずいぶんと肌寒くなってきやがった。娑婆はとっくに秋に入ってるんだ」

と牢名主が話しかけてきたとおり、牢に入れられて二月《ふたつき》。いつしか秋になっていた。

しかしそれでも呼び出しはなく、一日、また一日と日が過ぎていった。

「おめえはたしか、井戸対馬守様の御掛り、萬屋久万五郎ら騙り一件の者だったなあ」

牢名主がまた話しかける。

「へえ」

弥三郎は答えて聞いた。

「それがどうかいたしましたか」

「一同の者には明日申し渡しがあるそうだが、おめえは口書をとられていないのだろう」

口書という名の自白書を作成して爪印を押さなければ、罪状の申し渡しはできない。

弥三郎はいった。

「口書どころか、まだ一度も取り調べを受けておりません」

「おかしなこともあるものだ」

と牢名主が首をひねって間もなくだった。

「都築弥三郎」

と鍵役が声をかけていう。

「でろ」

牢をだされて鍵役につづいた。

「うっ」

サヤと呼ばれている廊下を通って、外にでたところで弥三郎は呻《うめ》いてよろけた。お天道様《てんとう》の明かりをまともに受けるのは実に三月《みつき》ぶり。目が眩《くら》んだのだ。

「こっちだ」

鍵役がいう。穿鑿所《せんさくじょ》と呼ばれている部屋らしく、入ると吟味方与力柴田剛平がいた。

「旗本隠居菅谷三九郎、御数寄屋坊主筑阿弥、骨董商萬屋久万五郎らの……」

と柴田剛平は三人の罪状を長々と並べていう。

「そのほうは一件に関わっていなかった。とは申せ、事前に話を聞いておきながら、見過ごしたのは不届き千万。本来なら追放を申しつくるところなれど、このたびは御慈悲を以《もっ》て無罪とする。有り難く思え」

二月もほっぽらかしてこれだ。無罪だ。この野郎、ただではおかない。殺してやる。心の底から怒りが込みあげてきてそう思ったが、感情を押し殺していった。

「有り難うございます」

預けてある着物や両刀を返してもらい、表にでて湯屋で垢を落とし、髪結床で伸び放題の月代と髭を剃り、田所町の自宅に向かった。

人の気配がするが様子がおかしい。弥三郎はガラリと障子戸を開けた。

「どちら様でしょう」

赤ん坊を抱いた女が聞く。

「いつからここに住んでおられる？」

弥三郎は聞いた。

「一月前から。あなたは？」

「いや、なんでもない。失礼した」

弥三郎は戸を閉めた。亭主と亭主を紹介してくれた男がともに小伝馬町の牢に入れられたのだ。志津が、いたたまれなくなって姿を消したのも無理はない。

さてどうするかと腕を組んだところへ、秋の冷たい雨がぽつりと頰を叩いた。

忠次のお練り

一

「ご免」

声をかけて、家主太左衛門の長屋の障子戸を開けた。

「なにか？」

何度か顔を見たことのある太左衛門の女房が奥からでてきて、

「これは」

と絶句する。さぞや長屋の者も、遠島になるなどと囁《ささや》いていたに違いない。

「太左衛門殿は？」

弥三郎は聞いた。

「御用で、南の御番所にでかけております」

「それがしは志津の亭主の都築弥三郎」

「存じております。まあ、おかけください」

女房にすすめられて、弥三郎は框に腰をおろした。

「いまお茶をお淹れします」

女房が台所に向かおうとするのを、

「茶は結構」

と押し止めて聞いた。

「志津はいかがいたしたのでしょう？」

女房はすわっていう。

「あなたが小伝馬町の牢に入られてすぐです。手習塾のお師匠さんから代教お断りを申し渡され、菊屋さんからも出入りを差し止められて、これでは暮らしが立ちゆきません、故郷に帰りますといって、見倒し屋を呼んで家財道具を始末され、立ち退かれました」

「わたしに伝言は？」

「萬屋さんたちと同様、あなたも遠島を申し渡されるともっぱらの評判で、牢をお出になるとは思っておられなかったようなのですが、それでも戻ってまいりましたら、故郷に帰りましたとお伝えくださいと。でも、よくまあ、ご無事で」

秋も深くなっているというのに身にまとっているのは夏物の単《ひとえ》。着替えがいる。蒲団、鍋釜、漢籍十余冊など、私物はほかにもごちゃごちゃあった。

「家財道具を始末したということですが、そっくりですか?」

「そうそう、あなたのは始末に困られ、蒲団、鍋釜などは仕方なくご自分のとご一緒に処分しておられましたが、お召物類と漢籍は町使いをたのんで駿河台のお兄上のお屋敷に送り届けられました」

駿河台の屋敷に顔はだしたくない。さりとて懐は一文なし。袷《あわせ》を買う金もない。

「でも、どうしてご無事にでてこられたのです?」

そこは女。女房は興味津々に聞く。

「冤罪《えんざい》だったのです」

弥三郎は素直に答えた。

「萬屋さんは遠島になったのでしょう」

「らしい」

「あなたも同類ともっぱらの噂でしたが」

「誤解だったのです」

「ではなぜ二月も小伝馬町に？」

どうせ井戸端会議のネタにしようというのだろう。

「邪魔をした」

弥三郎は表にでた。

さて、これからどうする。牢名主はこういった。

「娑婆にでることがあったら、山城屋に礼をいうこった」

山城屋弥市は牢名主に鼻薬を利かせてくれたということのようで、なにはともあれ礼をのべておかなければならない。

「こんにちは」

山城屋を訪ねた。

「どなたでしょう？」

在の者らしい三人からあれこれ話を聞いている、見ず知らずの男が顔をあげる。見れば分かる。目安か返答書を代筆している。山城屋弥市はどうやら代役を雇ったらしい。

「山弥さんは？」

弥三郎は聞いた。

「あなたは？」

男は逆に聞く。

「都築弥三郎」

「あなたがですか？」

と男はいってつづける。

「おっつけ戻ってまいられます」

あがって待ってもいいが居心地はよくなさそうだ。

「出直します」

といって、弥三郎は駿河台に足を向けた。

「嘉助」

潜の陰から、声をかけた。

「何者だ！」

誰何《すいか》するのは甥の高丸だ。小癪《こしやく》な。

「俺だ」

潜をくぐっていった。

「嘉助を呼んでこい」

「ヒエー！」

悲鳴をあげて高丸は逃げ、やがて兄孝蔵が姿を見せる。

「用はこれか」

孝蔵は左右の手を心持ちあげる。右手に風呂敷包み、左手に漢籍をぶらさげている。

「そうです」

「置き場に困っておった。持っていくがいい」

受け取って屋敷を後にした。

どこで着替える？　往来でというわけにもいくまい。

「こんにちは」

ふたたび山城屋の敷居をまたいだ。

「でましょう」

山城屋弥市は帰っていた。

「その前に着替えさせてください」

弥市は部屋を見まわす。客が三組いて、部屋は立て込んでいる。

んとしている。

「台所で」

客は台所で横並びにすわって飯を食う。台所は広く造られていて、この時間はがら

「お邪魔します」

誰にいうとなく断り、弥三郎は風呂敷包みを開いて袷をとりだした。

「なんだ、これは？」

紙包みがでてきた。手触りで分かる。小判だ。小判が一枚。

けちな男だ、といいたいところだが、兄嫁に財布を握られている。ろくすっぽ小遣いを持っていない。せいぜいこんなところだろう。

「でましょう」

部屋に戻るといま一度、弥市がいう。

弥三郎は両手に荷物を持って、弥市の後につづいた。

「ずいぶんとおやつれになった」

弥市の馴染みの料理屋の座敷で向かい合うと、弥市はしげしげと見つめていう。

「二月ですからねえ」

肉が落ち、頬がこけているのは自分でも分かる。誰が見てもみじめな痩せ浪人とい

うところだ。

「それはそうと、牢にいるときはたいそうお世話になりました」

弥三郎は頭をさげた。

「なんの」

と弥市はいって、

「仕事部屋のこと、気づかれましたか？」

「ええ」

「あなたが帰ってこられると思っていなかったものですから……。申し訳ありませんが、代筆のあなたの仕事はなくなりました」

「仕方がありません」

「お待たせしました」

弥市がたのんでいた酒と肴が運ばれてきた。

「それより、何事もなく帰ってこられてなによりでした。どうぞ」

弥市がすすめ、

「有り難うございます」

と弥三郎は受けて、ぐいとやった。

「うーっ」

久しぶりの酒だ。腸《はらわた》に染みとおる。弥市もぐいとやって、顔をくもらせる。

「いいにくいことなんですが、宿への出入りは、以後、遠慮してもらえませんか」

「ご迷惑をおかけしたようですねえ」

「佐久間伝兵衛なる北の臨時廻りがそれはもうしつこくあなたのことを、下代だけではない、下男下女、長逗留している客、近所の宿、さらには出入りの青物屋や魚屋にまで聞きまわりましてねえ」

吟味方与力柴田剛平が指図して、身辺を嗅ぎまわらせたに違いない。

「みんな、人って分からぬものですねえなどとささやくようになって、あなたについてとかくをいっておるのです。うちも客商売。あれこれ勘ぐられたくはない」

「分かりました」

「これからのことですが奥方様は？」

「店を畳んで故郷に帰りました」

「では、住むところは？」

「ありません」

「そういうことですと」

と弥市はいって、

「通塩町のわたしの長屋、あなたが住んでいた弥市店です。当分、あそこに住まわれるといい。ご案内しましょう」

「空いているのですか？」

「空いていなければ、家主にいって、どこぞに部屋を探させます」

「かたじけない」

「短日です。急ぎましょう」

膳の上の物をたいらげて表にでた。

「これから」

と通塩町へ向かいながら、弥市は話しかける。

「どうなさるおつもりなのですか？」

「さあー」

菅谷三九郎の倅光明寺当住賢海の公事訴訟を助けていた。また三九郎の娘多喜の相談にも乗っていた。しばらくはそっちで飯が食えるだろう。

「あなたは宿の周辺で小遣い稼ぎをしておられた。それができないとなると陸《おか》にあがったカッパも同然。こうなったら、大人しく駿河台の御屋敷にお戻りになるしか手はないんじゃないんですか」

「いまさら家には戻れない」

弥市は路地を弥市店に入り、弥三郎は後につづいた。

「待っててください」

弥市は家主の家に入っていき、家主と一緒にでてきていう。

「この前の部屋ではないのですが、一部屋空いておりました」

家主が、

「ここです」

と案内していう。

「蒲団もすぐに運ばせます」

「なにからなにまで本当に有り難うございました」

「これは……」

と弥市が懐から紙包みをとりだしていう。

「わずかですが、当座の足しに」

金はあればあるほどいい。

「いただいておきます」

遠慮することなく受け取ったが、これも手触りで分かった。小判が一枚だった。

二

その後の、賢海や多喜の動きも気になる。だがそれ以上に志津のことが気になる。志津は伊予大洲六万石加藤遠江守家の沢村主膳なる江戸家老に、もっと詳しいことをいいおいているはず。

一夜が明けて弥三郎は、加藤遠江守家の上屋敷に向かった。

「ご家老沢村主膳殿にお会いしたい」

弥三郎は「ご当地浪人都築弥三郎」と認めた名札を門番に渡した。

天高く馬肥ゆる秋。まことにそうで、天は高く澄み切っているが、風体はどう見ても痩せ浪人。門番は怪訝《けげん》に聞く。

「ご用件は？」

「ご当家に関わりのある神川志津について伺いたき儀がござる。それがしは志津の夫」

「お待ちください」

待つ間もなく門番はやってきていう。

「ご案内します」

家老など主立った者は上屋敷や中屋敷内に家を与えられていて、国表からやってきた勤番者は屋敷内長屋に住んでいる。門番は木戸門のある家の前で立ち止まっていう。

「中でお待ちです」

「ご免」

声をかけて木戸門を開けると、下男らしい男が待っていていう。

「こちらへ」

弥三郎はつづいた。

「あちらにおられるお方です」

裏庭があって南向きに板縁があり、老人がひなたぼっこでもするかのように、秋の日を心地よげに浴びている。

「都築弥三郎です」

声をかけた。

「沢村主膳です」

老人はにっこり微笑《ほほえ》んで声を返す。

「神川志津のことで伺いたき儀がござって、罷り越しました」

「まあ、おかけなさい」

すすめられて、弥三郎は並ぶように腰をおろした。

「神川志津とおっしゃると、もしや神川勝右衛門のお娘御」

もしやとはなんだ？

弥三郎は首をひねりながらいった。

「三百石取りで御当家の仕法方頭取という御役に就いておられた、神川勝右衛門の娘です」

「神川勝右衛門に娘がいたというのは覚えております。だが勝右衛門が御暇を取らされて屋敷をでて行ったのは十四、五年も前のこと。以来、とんと沙汰を聞いていない。伺いたき儀といわれましてもなあ」

「会っておられない？」

「屋敷にいたころも、顔を見たことがあるのかどうか。記憶にござらぬ」

「奥方様は？　奥方様はよくご存じのはず」

「はて、奥方様とはそれがしのでござるか」

「そうです」

「はっはっは」

前歯が一本欠け落ちた口を大きく開けて、

「亡くしてかれこれ七、八年になります。おかげで、以来ずっと不自由をさせられている」

「啓松院様というお方もおられない？」

「啓松院様はおられる」

「志津は御屋敷にいたころ啓松院様にたいそうかわいがっていただき、散らし書きなど手跡を教わったと申しております」

「そういうこともあったかもしれませぬなあ」

「三月ほど前、志津が啓松院様を訪ねてきたということは？」

「お待ちなされ。聞いてまいりましょう」

沢村主膳は小太りなのに腰が軽い。下駄を突っかけてひょこひょことでかけ、戻ってきていう。

「訪ねてきていないそうでござる」

「うーん」

あの女、やはり牝狐だったのだ。手習塾の代教だというので信用したが、久万五郎と示し合わせて、一杯食わせやがったのだ。

「逆にお伺いいたす」

沢村主膳がいう。

「なぜ神川勝右衛門のお娘御のことで、伺いたき儀がござるなどと訪ねて見えた？　夫と申されましたなあ」

「はい」

「お娘御、ではない、奥方は欠落（失踪）でもなされたか」

「そういうことになるようです」

と自嘲気味にいって、弥三郎は気づいた。

「志津は弟がいて、このほどご当家に百五十石取りで召し抱えられたと申しておりました。それも、嘘なのでございますか」

「神川勝右衛門が御暇を取らされた理由はご存じか」

「金策がつかずにお殿様から責められ、諫言なさったからだと聞いております」

「そのとおり。殿はしばらく、神川勝右衛門の名を聞くと血相を変えておられたが、時の流れが怒りやしこりを洗い流させたのでござろう。勝三郎と申す勝右衛門の忘れ形見が御国家老をつうじて御召し抱えを願われると、よかろうといわれ、百五十石で新規に召し抱えられた。だがもうずいぶん前のこと。五年くらい前になり申す」

江戸で、それでなくとも一人暮らしがやっとの女に、七十両を無心するなどという厚かましいことをいってくるものだろうかと不審に思ったが、これもそのとおりだった。

「不得要領なことをお尋ねして失礼しました」

弥三郎は一揖《いちゆう》して踵《くびす》を返そうとした。

「貴殿は」

と主膳は引き留めていう。

「神川勝右衛門の娘とかの志津なる奥方の消息を尋ねにまいられたのでござろう」

「そうです」

「故郷に帰っているはずで、わたしになにかいいおいているかもしれぬと思って？」

「ええ」

「奥方が故郷に帰っておられると分かったら、お知らせいたす。お住まいは？」

故郷に帰っているかどうかも、いまとなってみれば疑わしい。

「結構です」

「神川勝右衛門には苦労をかけた。あなたの奥方である勝右衛門の娘も苦労をしたに違いない。よんどころない事情があって故郷に帰ったのかもしれず、とにかく住まいをお聞かせくだされ」

「通塩町の弥市店です」

「お待ちくだされ」

沢村主膳は奥に入って筆を持参し、板縁においてある名札に通塩町弥市店と書きくわえた。

三

何度も疑問に思った。なぜ五十両を手にしたその晩に祝言を急がされ、翌朝に五十両をそっくり貸せといわれなければならないのかと。疑問に思ったとおりだ。五十両は騙り取られたのだ。

しかも新婚二日目の晩に家を空けられ、口から出任せの嘘をつかれた。ではその晩、志津はどこで誰と過ごした？　男がいて、男と過ごしたのだろうが、男は久万五郎か。久万五郎ではない他の男か。あの牝狐め、どこまでも人を虚仮《こけ》にしやがった。

どっちにしろ、久万五郎が絡んでいる。久万五郎が志津に五十両のことを教えたことから、事ははじまっている。

そうだ。遠島者は小伝馬町の牢の、東の揚り屋、通称遠島部屋に収容されていて、春と秋の二度、新島《にいじま》、三宅島《みやけじま》、八丈島《はちじょうじま》のどこかに送られることになっており、この秋の流人船《るにんせん》はまだでていない。牢内でそう聞いた。

遠島者は永代橋《えいたいばし》橋詰にある船改番所から小船で品川沖に待機している流人船まで送られるのだが、そのとき船改番所の前で、知り合いとしばしの別れを惜しむことができる。そうも聞いた。

だったら久万五郎らが送られる日を確かめ、船改番所前で待ち受け、子細を聞き糺《ただ》せばいい。遠い島に送られ、よほどのことがないかぎり、二度と帰ってこられないのだ。よもや嘘はつくまい。ついてもはじまるまい。

ということは、小伝馬町の牢にでかけて行って、流人船がでる日を確かめなければならないということなのだが、足は百姓宿上州屋《じようしゆうや》に向かっている。菅谷三九郎の倅光明寺当住賢海が、御差紙をつけられて、江戸へでてきて逗留している公事宿だ。

「賢海さんにお会いしたい」

上州屋の敷居をまたいでいった。

「お待ちください」

手代は二階にあがって行き、賢海がのそのそとおりてくる。

「その後、どうなってる?」

弥三郎が聞くと、

「さあー」

と賢海はいったきり、口をつぐんでわざとのように目をそらす。むっとしたが、こらえていった。

「なにかあったのか?」

「ええ、まあ」

「なにが?」

「どうでもいいじゃないですか」

「なにイ。おれはおぬしの親父に、わたしがいなくなると倅の手に負えなくなります。わたしにかわって、倅を助けてやってもらえませんかとたのまれたのだぞ」

「かもしれませんが、迷惑をかけられっぱなし」

「迷惑?　どういうことだ?」

「北の臨時廻り佐久間伝兵衛というお人が見えて、そのほうの父萱谷三九郎と浪人都築弥三郎が、出羽秋田佐竹右京大夫家の江戸詰めの家来北村幸四郎殿殺しをたくらんでおった。北村幸四郎はそのほうの公事訴訟相手東久保村の百姓利助らを腰押してお
る。そのほうも加担してのことであろう。有り体に白状せよと。佐久間さんはまたそのことを相手方に洩らされたらしく、相手方は御白洲でかくかくしかじかですと。ですから、状況は悪くなる一方。お助けいただくどころか、えらく迷惑しているのです」

柴田剛平と佐久間伝兵衛はどこまでも祟《たた》りやがる。

「それに、公事訴訟事もこの宿で十分間に合うとか。もうあなたの世話になることもない」

「そうか。分かった」

踵を返した背中に、賢海は駄目を押すようにいう。

「ついでに申します。姉の多喜も、あれこれお教えいただくのは結構だと申しておりました」

山城屋弥市はこういった。

「あなたは宿の周辺で小遣い稼ぎをしておられた。それができないとなると陸《おか》にあがったカッパも同然」

賢海と多喜を助けて当分食いつなごうという当ては外れた。たしかに陸にあがったカッパも同然になった。

前は、こう自問した。

「厄介であれ、旗本の次男坊という立場は都合がよかった。人はそれなりに信用してくれた。敬意も払ってくれた。浪人都築弥三郎となると世間の目は厳しくなる。毎月店賃を払って、三度三度飯を食っていけるのか」

懐にあるのはたった二両。一月を食いつなぐのがやっと。野垂れ死には目前だ。

それにしても、なぜこんなことになった。あいつ、柴田剛平のせいだ。あの野郎に二月もの間、小伝馬町の牢に放り込まれたからこんなことになった。牢に放り込まれさえしなければ、山城屋でそこそこ稼いでいたことでもあるし、志津も手習塾で働いていたから、夫婦水入らずのなに不自由のない暮らしがつづいていた。

なのに……、馬鹿な、なにを考えているのだ。なにが夫婦水入らずだ。志津に五十両をふんだくられさえしなければ、いまだって、もっとゆとりを持って先のことを考えることができたはずだ。こんな窮地に追い詰められることはなかったのだ。

「山弥さんがねえ」

うん？　弥三郎は足を止めた。秋の日は釣堺落《つるべお》とし。薄暗い井戸端で女が二人、米を研いでいる。

「えらい迷惑してるんだって」

山城屋弥市がなにに迷惑している？

「しばらくここにいて、また帰ってきたご浪人にだろう」

「聞こえるよ」

「なに」

と女の一人は弥三郎の部屋に目をやっていう。

「まだ帰ってきちゃあいねえ。女房に逃げられた独り者だそうだから、いまごろはどこぞで安酒でも搔っ食らってるに違えねえ」

「なんでもここ二月ばかり小伝馬町にいたんだってねえ。なにをやらかしたんだい」

「騙りだってよオ。五十両もの」

「それで、よく牢をでることができたもんだ」

「山弥さんがさる筋に働きかけたから、でることができたんだって」

「そんなことで牢をでるなんてできるのかい」

「いろいろとあるんじゃないの。とにかく、牢名主に五両、戻ってきて五両、合計十両もの物入りで、えらい散財だと山弥さんはぼやいているんだって」

　弥市が牢名主にいくら送ったかは知らない。聞いていない。だが戻ってきて頂戴したのは一両。弥市が五両と吹聴《ふいちょう》しているのなら、よくもまあいってくれるというところだが、

「さあて、急いで飯を炊かなくっちゃあ。宿《やど》（亭主）が腹をすかせて帰ってくる」

「家《うち》じゃ、ガキが三人も腹をすかせて待ってる」

　女二人はてんでにそういって立ちあがる。

　気分はいっそう落ち込む。

「女どものいうとおり。どこぞで安酒でも掻っ食らうとしよう」

　弥三郎は逆戻りをし、とぼとぼと歩きながら、そういうことかと気づいた。

　弥市は謀書謀判の片棒を担いでいる。それでこう考えた。

「弥三郎が牢問《ろうどい》にかけられ、死罪を申し渡されるようなことになったら、自棄糞になって謀書謀判まで白状してしまいかねない。白状させないために、牢名主に鼻薬を利かせて弥三郎に恩を売っておく」

　我が身がかわいいから手を差し伸べたまでなのだ。だから出入りしないでくれといったり、駿河台の屋敷に帰られるがいいとすすめたりしたのだ。もっともいちがいに

弥市を責められない。弥市の立場に立てば誰でもそう振る舞う。

四

「いるかい」

弥三郎は声をかけて障子戸を開けた。

「これはお珍しい」

田中の岩は顔をあげる。

「なにをしておる？」

「こんなのを作ってるんですよ」

岩は房楊枝《ふさようじ》を突きだす。江戸時代の歯ブラシだ。江戸時代は片方の端を房のように切り刻んだ楊枝で歯を磨いていた。

「朝から晩まで、小刀でこいつを作って、日に百文とちょっとにしかならねえ」

「源右衛門はどうしておる？」

「当初は旦那にすすめられたとおり、ここいらの岡場所で白粉や小間物の行商をやってたのですが、やっぱり割り込むのは容易じゃねえってんで、いまは人宿《ひとやど》の寄子《よりこ》になって六尺手廻《ろくしやくてまわ》りってえのをやってます」

大名が登城などで外出するときは供廻りをそろえなければならないが、常雇いは金がかかる。そこで六尺という駕籠舁《か》きや手廻りという挟み箱持ち、草履取りなどを、人宿という口入れ屋から臨時に雇った。寄子というのは人宿で寝起きして、仕事があるとそのつど六尺手廻りとなってでかける男たちのことで、江戸にはそんな男がごろごろいた。

「寄子は自分一人食うのが精一杯だそうで、あっしは毎日身を粉にして働いて、それはもう始末しているのに、稼ぎが百文じゃあとてもおっつかない」

どんなに始末しても日に二百文はかかる。稼ぎが百文だと、日に百文ずつが消えていく勘定になる。

「それで、たまに訪ねてくる源右衛門とよく話すんでさあ。江戸をでて、もう一花咲かせようじゃねえかって」

「一花って？」

「知れたこと。食う物にも女にも不自由のない、好き放題の気ずい気ままな暮らしをするってことですよ。このままじゃ、ただ生きてるだけですからねえ」

「気持ちは分かる」

「分かるもんですか。御旗本のご次男坊に」

「そのご次男坊が、およそ二月、小伝馬町の牢に入れられていた」

「なんですって。まさか源右衛門に人別を作ったのがばれたというんじゃないでしょうねえ」

「だったら謀書謀判で磔《はりつけ》。牢などでられない」

「じゃあ、なぜ？」

「話すと長い」

「暇にしてます。長くても結構」

「じゃあまあ……」

と長い話を終えると、

「へえー、そうですかい。それじゃあ、おれらと境遇はまったく変わりないんだ」

「自慢じゃないがそのとおり」

牢をでてから一月半になる。その間、毎日、足を棒にして仕事を探し歩いた。あるのは六尺手廻りの仕事などで、さすがにそこまで身を落とす気になれず、そんなところへ懐の銭が底をつき、そうだ、と田中の岩を思いだし、たよりになるかもしれないと思ってやってきた。

「どうです。こうなりゃ、旦那もご一緒しませんか」

「一花咲かせるというのにか」

「そうです。東に勢力富五郎、北に国定忠次、西に田中の岩と無宿長脇差の世界ではちいとは知られた男で、勢力富五郎も国定忠次もそれなりに名を挙げたってえのに、田中の岩だけは名が霞んで、こんなところで房楊枝なんかを削ってる。思えばまったく、冗談じゃあねえ」

「その国定忠次だがなあ。明日江戸に入るそうだ」

「なんですって。どういうことです？」

「江戸に入るといっても唐丸籠《とうまるかご》に乗せられてだ」

囚人護送の駕籠を唐丸籠といった。

「捕まって送られてくるのですね」

「らしい。もっぱらの評判だ」

「こんなところで息をひそめていると、そんなことすら耳に入ってこねえ。そうだ、旦那、見に行きましょう、唐丸籠の行列を」

「見てどうするのだ」

「いずれ我が身がそうなったときの、心覚えにするのですよ」

「いいだろう。見に行こう」

「では、どこかで待ち合わせるとして、あっしは江戸にはてんで暗い。分かりやすいところをお願いします」

「唐丸籠は中山道《なかせんどう》をやってきて、神田橋御門外の池田播磨守殿の御役宅に送られるということだから、本郷《ほんごう》通り経由昌平橋《しょうへいばし》を渡ることになる。そうだなあ、神田明神の境内でということにしよう。あそこなら誰に尋ねても知らない者はいない」

「いいでしょう。時刻は？」

「忠次はおそらく板橋宿泊まり。朝の六つ半（午前七時）に板橋を発ったとして、神田明神の前を通るのは五つ半（午前九時）ごろになろうから、そうだな五つ（午前八時）ということに」

「へえ」

五

「子分のが五挺、女房と妾《めかけ》のがそれぞれ一挺、合計八挺の唐丸籠がお練《ね》りのようにやってきているらしい」

「忠次とやらは道中で乞食を見かけると、銭を摑んで撒き散らしているそうだ」

神田明神前の道の両側には早くも人が大勢群れていて、固唾《かたず》を呑んで待ちかねており、弥三郎は岩と連れ立って群衆の中に身をおいている。

「きた」

という声がして、坂の向こうがざわめく。道は本郷の方から聖堂《ひじりどう》にぶつかり、神田明神の方へ緩やかに左折してくだる。行列は角の向こうに姿をあらわしたのだ。

「見得を切ってるぜ」

「まるで役者気取りだ」

あちこちで声が飛び、行列は近づいてきた。唐丸籠は竹で編んだ駕籠で、覆いはかけられていない。忠次の様子はすっかり見てとれる。

秋も深くなったうえに空《から》っ風《かぜ》が吹きすさぶ中をやってきたからなのだろう、棒縞縮《ぼうじまち》緬《めん》の綿入を三枚も重ねて、黒繻子《くろじゆす》の半襟をつけた中型染めの縮緬を内掛けのように羽織っている。足許はというと、敷布団を三つ重ねて、膝にどてらが二枚。

「どうだ。おれが忠次様だ」

といわんばかりに、唐丸籠の中で踏ん反り返っている。

「唐丸籠といえばおめえ」

と男が仲間に話しかける。

「厚い板に一本の柱が立ててあって、囚人は柱に括りつけられて手鎖《てぐさり》、足枷《あしかせ》、舌を嚙《か》まないように口に管《くだ》と念を入れさせられて、高さ三尺の竹籠をかぶらされるのじゃねえのかい」

「そうさ。板には穴が刳《く》りぬいてあって、護送中にもよおしたとき、大はその穴から落とす。小は垂れ放題だ」

「なのに、忠次のこの仕立てはなんだ」

「おそらく忠次はお役人にたのんだのだろうよ。関所破りで磔を申し渡されるに違いありません。ですから、道中はあっしの我が儘を聞いて、好きなようにさせてやってくださいって」

違いないと弥三郎も思った。

「忠次は中風《ちゅうぶう》だそうだぜ」

「身体の自由が利かないところを、八州廻りが御用と踏み込んだらしい」

背伸びして忠次を見た。忠次は群衆をあざ笑うかのように、右手で銭を摑んで、竹籠の目の間から放り投げた。それを女子供だけでなく、大の男までもが、わあーと這いつくばって拾う。

まるで施餓鬼《せがき》だ。天下の大罪人にこんなことを許すなどどうかしている。苦々しい思いで見ていると、

「旦那」

と岩が話しかける。

「忠次はこれで名を残すでしょう。富五郎もさんざん暴れまわって名を残した。二人だけに名をなさしめはしねえ。あっしは腹を括りやした。もう一花咲かせやす」

「それはおぬしの勝手」

「旦那もこの先、どう暮らしを立てていいか分からないんでしょう。一緒にやりましょう。なにもしないで野垂れ死にするより、好き勝手をやって死ぬほうがよほどましだ」

御船手同心は碇泊《ていはく》している伊豆周辺の廻船を吟味して流人船にしていた。謝礼はというただ同然。馬鹿らしいというわけで、江戸にやってくる廻船はもたもた碇泊していず、素早く荷をおろすと、さっと引きあげた。だからこの年の秋も、御船手同心は廻船を見つけるのに手を焼き、流人船はでず、遠島者は来春まで待たされるということだった。

来春まで間はある。懐の銭はつきている。誘いに乗るしかない。弥三郎はいった。

「分かった。乗ろう」

岩は弥三郎の袖を引き、人気のないところでいう。

「じゃあ、手初めに江戸で路用を稼ぐとして、押し込む当ては？」

「ある」

弥三郎はきっぱりいった。切羽詰まるところにまで追いやってくれた北の吟味方与力柴田剛平の屋敷だ。

志津に似た女

一

吟味方与力柴田剛平の屋敷の門は冠木門《かぶきもん》で、脇門がついている。その脇門を源右衛門がトントンと叩いた。小者が潜り戸の向こうから聞く。

「どちら様ですか」

源右衛門がいう。

「夜分に恐れ入ります。わたしは佐久間伝兵衛さんから手札を頂戴している佐次平《さじへい》と申します。都築弥三郎のことでのっぴきならないことが分かり、至急お知らせしてまいるようにといわれて伺いました。柴田様にお取り次ぎを願います」

「しばし待て」

足音が遠のき、やがて足音が戻ってくる。

「いま、開ける。中に入って裏庭にまわれ」

潜り戸が開けられる。弥三郎は音もなくすうーっと中に入り、当て身を食らわせた。岩こと岩五郎が素早く猿轡《さるぐつわ》を嚙ませ、細引《ほそびき》で後ろ手に縛って冠木門の柱に括りつける。

弥三郎らは裏庭にまわった。応対するためだろう、柴田剛平は雨戸を一枚開けている。源右衛門がふたたび声をかける。

「夜分に恐れ入ります」

柴田剛平が開けてある雨戸の際までやってきていう。

「都築弥三郎のことでのっぴきならないことと申したなあ」

「さようでございます」

「なにがあったのだ?」

弥三郎は抜き身を突きつけていった。

「お礼をいいにきたのだ」

「な、なにをする」

岩と源右衛門が素早く屋敷に上がった。屋敷内に誰と誰がいるかはあらかじめ調べていた。岩と源右衛門は部屋にあった行灯《あんどん》を手にまず寝室に押し入って奥方、つづいてそれぞれ別室で寝ついていた倅と娘とに縄をかけた。ほかに小者、下男、下女と三人がいる。小者はさきほど縛りつけた。下女は納戸《なんど》脇におり、下男は台所脇にいたのを見つけだして縄をかけた。戻ってきて岩が弥三郎にいった。

「みんな縛りあげた」

「漏らしていないだろうな」

「抜かりはない」

その間、柴田剛平は「こんなことをしてただですむと思ってるのか」とか、「おれを誰だと思っているのか」などと喚《わめ》いていたが、そのつど、刀の峰でガツン、ガツンと食らわせると、やがて大人しくなった。

弥三郎は剛平にいった。

「部屋に入れ」

行灯があった部屋に入り、行灯を突きつけていった。

「顔を晒せ」

柴田剛平の憎々しい顔が浮かびあがった。剛平はいう。

「おれを誰だと分かってやっておるのだな」

「柴田剛平だろう。違うのか」

「おぬしは？」

「おまえにさんざんいたぶられた田所町無宿、自称浪人の都築弥三郎だ」

「ああ、あの遠島になった連中の仲間か」

「よくもいたぶってくれた」

「臑《すね》に傷があるからだ」

「おかげで、仕事も女房も失った」

「身からでた錆《さび》よ」

「お礼参りって知ってるか」

「なにをほざいてやがる」

「命をもらいにきた」

「おれの身体に手をだしたら町方が黙っていない。地獄の底までも追っかけられる」

「その地獄だがのオ。地獄の沙汰も金次第という。有り金を残らずだせば、命は助けてやらないでもない」

「家に金などない」

「吟味方与力には方々から付け届けがある。住まいは八丁堀だから押し込みに遭う心配もなく、二、三百両、なかには千両という大金を屋敷に無造作においていると聞いておる」

「よそはともかく家にはない」

「ださなければ家捜しするまで。その前に、おまえには死んでもらう」

「おぬしも並の人間だろう。並の人間にそうやすやすと人を殺したりはできぬ」

「田中の岩という男を知っておるか」

「それがどうした？」

「ここにいる」

「あの岩がここに？　またどうして？」

「岩がどれだけ凶暴か。町方のお偉いさんなら知らないわけがなかろう。人を殺すなどなんとも思っちゃあいない。いまのおれもそうだ。おれはこれから岩とつるんで、六十余州を股にかけて暴れまわる。その手初めにおまえを血祭りにあげようというわけだが、素直に金をだせば、鼻殺《そ》ぎと足切りくらいでこらえてやらないでもない。さあ、どっちを選ぶ」

「どっちもお断りだ」

「そうか、じゃあ、死んでもらおう」

弥三郎は抜き身を振りかぶり、エイっと振り下ろした。刃は剛平の鼻先をかすった。

「待て。待ってくれ。金はだす。ただし、鼻殺ぎと足切りだけは勘弁してくれ」

「どこにある」

「天袋と地袋の奥だ」

源右衛門と岩が探った。ずしりと重い信玄袋が天袋の奥に二つ。軽目のが地袋の奥に一つ。

「念のため」

と岩が口を開いて中を覗く。ぎっしり小判が詰まっている。弥三郎はいった。

「正直でよろしい。しかし、おまえは馬鹿だ。こんな荒仕事をやるんだ。命を助けるなどあり得ることではない。おれはすでに修羅道《しゅらどう》に堕《お》ちている」

生きる術《すべ》も連れ合いも失くし、弥三郎の心はすさみきって気分としては修羅道に堕ちていた。でなければ吟味方与力を襲うなどという無茶はできない。

「手を合わせて念仏なり題目なりを唱えるがいい」

「た、助けてくれ」

さすがに命をとるとなると腕がすくむ。ためらっていった。

「よし、じゃあ、助けてやろう。追うなよ、といっても追ってくるだろう。追えばいい。だがそのときはふたたびここへ姿をあらわし、屋敷に火をかけて命をいただく。よいな」

といったところへ、岩が柴田剛平の懐に飛び込む。心ノ臓の辺りを匕首《あいくち》で二突き、三突き、四突き。剛平はがくっと首をたれる。弥三郎は岩の思いがけない挙動を難詰するようにいった。

「なにをする」

岩は吐き捨てるようにいう。

「だから、素人《しろうと》は困る。命を助けたら、町方が血眼になって地獄の底まで追ってくる。おれらの首は三つ揃って獄門台の上に載せられる」

岩が源右衛門にいった。

「小判の枚数を数えろ」

源右衛門が数えた。信玄袋二つにそれぞれきっちり三百両、一つに百三十両があった。三百両ずつ袋にしまっておこうとしていたということのようだ。

弥三郎は柴田剛平に「二、三百両、なかには千両という大金を屋敷に無造作においている」といったが、あってせいぜい二、三百両だと思っていた。思いがけなかった。

岩が「じゃあ、手初めに江戸で路用を稼ぐとして」といってとりかかったのだが、路用どころの稼ぎではなかった。弥三郎は思いなおしていった。

「おれは江戸に残る。山分けしよう」

江戸を離れてもいいが、志津は江戸でのうのうと男と暮らしているかも知れない。志津とのけりがついていない。

「いいだろう。信玄袋にしまわれているとおりに、おれが三百、おぬしが三百。源右衛門が百三十。これでどうだ」

「文句はない」

「おれと源右衛門はこれからすぐに江戸を発ち、とりあえず上方辺りに身をひそめ、それからなにをするかを考える。その気になったら上方へくるがいい。道頓堀《どうとんぼり》とかいう賑やかな盛り場があるそうで、とりあえずそこらをうろうろしている」

「分かった」

「ここの嬶《かか》アたちはおれらが何者かを知らぬ。だが、源右衛門が仏に会うのに、小者におまえさんの名を使った。小者はおまえさんの名を覚えている。だから、小者も消さなければならない。おまえさん、やるかい？」

「それは……」

五十歩百歩のところにきているのだが、やはりためらいがある。

「まだまだおまえさんは半人前だ。じゃあ、源右衛門、おまえがやれ」

「お安い御用」

源右衛門が小者の喉を掻き切り、表にでた。

無灯で夜の江戸の町は歩けない。持参してきた提灯に火を点《つ》け、弥三郎は北へ、岩と源右衛門は南へと向かった。

二

地獄の沙汰も金次第。とりわけ牢の中は金が物をいう。金はある。

弥三郎は二月、牢にいた。牢の中のことならたいがいのことは知っている。誰に口を利いてもらえば、萬屋久万五郎に会えるかもだ。年季の入った牢屋同心金田政次郎《まさじろう》ならたいがいの便宜は図ってくれる。山城屋弥市も金田政次郎を通じてつるを差し入れてくれた。

弥三郎は金田政次郎の家を訪ね、五両を差し出していった。

「萬屋久万五郎に会わせていただけませんか」

金は万能薬だ。

「いいだろう」

二つ返事で金田政次郎は引き受け、弥三郎は久万五郎に会うことになった。柴田剛平が弥三郎に「このたびは御慈悲を以て無罪とする。有り難く思え」といった場所、穿鑿所で会うことになった。向かい合ってすわった。久万五郎はしみじみという。

「悪いことはできないものですねえ」

弥三郎は苦笑しながらいった。

「でも、おぬしは悪いことの積み重ねで生きてきたようなものではないのか」

「そういわれればそうですが……、ときに何の用ですか」

「二月で牢をだされて田所町の家に戻ったんだがね。志津は故郷に帰りますと言い置いて引き払っていた。家は蛻《もぬけ》の殻だった」

「帰りを待っていなかったのですか」

「そう。それで、おぬしも名を知っている江戸家老沢村主膳殿を訪ねて、志津のことを聞いた。主膳殿によると、志津はでたらめをわたしに並べていた」

「たとえば」

「志津は弟がいて百五十石取りで旧主に召し抱えられることになり、御礼として御家老に百両を送らなければならなくなったから、五十両を貸してほしいといって、わたしから五十両をもぎとった」

「もぎとったは穏やかでない」

「もぎとったとしかいいようがない。で、主膳殿がいわれるのに、たしかに志津の弟は召し抱えられたが、それは五年くらい前のことだと。だったら、わたしの五十両は誰の手に渡ったのかということになる。また、五十両を故郷の弟に渡すのに、旧主家を通じて渡すのだといって旧主家にいき、その夜は主膳殿の奥方に引き留められて遅くなって泊まりましたと志津はいったのだが、主膳殿によると奥方は七、八年前に亡くなっていた。すると、その夜は誰に会ってどこに泊まったのかということにもなる。おぬし、心当たりはないか」

「さあー」

「まさか、おぬしの家に泊まったというんじゃないだろうなあ」

「冗談じゃありません。かりにわたしがお志津さんにホの字で粉をかけたとしても、お志津さんが相手にしない」

「志津はいっていた。おぬしに五十両を貸してくださいとお願いしたところ、おぬしはこういった。貸して貸せないことはないが、弥三郎さんは近く五十両を懐にされる。一緒になられることだし、どうせなら、弥三郎さんにお願いしなさいと。そうだな」

「ええ、そういいました」

「おぬしは志津とぐるだったんじゃないのか」

「お志津さんは利発な人です。五十両のことで、たとえなにかたくらんでおられたにしろ、わたしと組むような真似はしない」

「じゃあ、ほかに誰か男がいたということになるのか。おぬしはこういった。ここいらにいるのはがさつな男ばかりで、お志津さんはこれまで相応しい相手に恵まれず、娘としてはとうが立ちかけていると。だが、実は男がいた？」

「いたのならですよ、あなたとの縁談に首を縦には振らない。こういっちゃあなんですが、あのときのあなたは素《す》寒貧《かんぴん》。稼ぎも自分一人が食うのに精一杯というところだったんですからねえ。男がいないまま、娘としてはとうが立ちかけていて、多少焦り気味だったから、あなたとの縁談を承知した。そうじゃなかったんですか。違いますか」

「おぬしに男の心当たりはまったくない？」

「ありません」

「そうか。邪魔をした。これは餞別」

弥三郎は懐から三両を取りだした。

「これは有り難い。でも、こんな大金。どうやって作ったのですか。風の便りに聞くと、あなたは山城屋さんから仕事を断られたというじゃないですか」

「金は天下の回り物。山城屋だけが金づるではない。達者で」

「あなたも」

牢での生活が長くなったせいか、久万五郎はめっきり老け込んでいた。

三

弥三郎は耳を尖らせていた。八丁堀のその後がどうなっているかにだ。

柴田剛平が変死した。これまで柴田剛平が関わった事件の関係者の怨恨によるもの。そう推測して町方が懸命に関係のある者を追うかもしれないからだ。だったら、早々に江戸を離れなければならない。山城屋にも用もないのに顔をだして耳を澄ました。

一向に町方に変化は見られない。すると、こういうことが考えられる。

八丁堀の吟味方与力の屋敷が襲われて、命を奪われる。町方にとっても、柴田家にとっても、名誉な話ではない。それに、柴田剛平がおかしな殺され方をしたというのが表沙汰になると、柴田家は御扶持召し放ちの上、屋敷を追われる。だから変死を隠し、頓死したことにでもして、届けて、倅に跡を継がせる。そういうことにしたのなら、これからも高枕で過ごせる。

うん？ そういえばと弥三郎は気づいた。柴田剛平の殺害に加担したことへの罪悪感がないのだ。むしろ、気持ちはすっきりしている。おのれにはもともと凶暴な血が通っていたのか。あのときはためらったが、やがては田中の岩のように人を殺すことをなんとも思わなくなるのか。田中の岩はこういった。

「源右衛門に聞くところによると、都築様にはあっしらとおなじ匂いがする」

二月の牢での暮らし、牢を出てからの暮らしの激変がおのれという男を凶暴な男へと後押ししたのかもしれない。そしてやがて岩のように平気で人を殺すようになり、それが命取りになって、みずからも命を落とす。そういうことになるのかもしれない。もっとも、それは願うところといってもいい。この世に、未練や願望といったものはなにもない。

さて、問題の志津だが、志津が故郷に帰ったとは思えない。故郷に帰るには箱根であれ、碓氷《うすい》であれ、関所を越えなければならない。入鉄砲に出女という。女が箱根や碓氷の関所から外に出ることに大公儀は神経を尖らせており、出るには江戸城の奥深くにいる留守居が発行する女手形をいただかなければならない。志津の場合は伊予大洲加藤家から留守居に、女手形の発行を願わなければならない。

加藤家の江戸家老沢村主膳によると、志津が加藤家の上屋敷を訪ねた気配はない。ということは志津は女手形の発行を申請しておらず、女手形を所持していないということで、所持していなければ故郷、伊予大洲表に向かうことはできない。志津は江戸のどこかにいる。だが、江戸には武家も含めると百万の人がいるといわれている。探し当てるのは容易でない。

志津とはいろいろあった。しかし、仇敵というのでもなし、五十両のことも三百両を手にしてみれば、もうどうでもいいように思える。たとえ、男がいて、男と一緒にのうのうと暮らしていたとしてもだ。

それで、三百両もの金があるからといって、毎日充実した日々を送れるのかというとさにあらず。なにより、することがない。日々をどう消去していいのかが分からない。山城屋であくせく働いていたときのほうがむしろ充実していた。それこれを考えているると、岩がいったのが耳朶《じだ》によみがえった。

「その気になったら上方へくるがいい。道頓堀とかいう賑やかな盛り場があるそうで、とりあえずそこらをうろうろしている」

お玉ケ池の千葉道場に弥三郎は久しく通っていないが、道場主の千葉周作は若かりしころ、お玉ケ池に玄武館《げんぶかん》という道場を開く前だ、武蔵《むさし》、上野《こうずけ》、下野《しもつけ》、甲斐《かい》、信濃《しなの》、三河《みかわ》、遠江《とおとうみ》、駿河《するが》などを遊歴し、先々で数々の勝負をした。ことに上野での馬庭念《まにわねん》流《りゅう》一門との悶着、伊香保宮《いかほぐう》掲額事件――周作とその弟子たちが伊香保宮に額を奉納しようとし、それに馬庭念流一門がわれらの庭を荒らす所業と激高して、あわや戦《いくさ》のような戦いになろうとした事件――は仲裁が入ってことなきを得たが、いまも語り草になっている。

その周作があるとき、弥三郎らにこういった。

「武者修行にでて腕を磨くのはいいが、勝てば遺恨が残る。下手をするとどこかで闇討ちに遭う。だから、どんなに弱い相手でも三本に一本は譲るようにしなければならない」

弥三郎は免許皆伝でこそないが、そこそこの腕だと思っている。上方まで直行するのも芸がない。途中、武者修行かたがた、上方に向かおう。

問題は所持している三百両だ。正確には二百九十両。これは重い。ほぼ一貫（三・七五キロ）もある。懐にしまうわけにはいかない。柴田剛平から分捕った信玄袋は茶道具入れのような洒落た作り。これだと持ち歩くのに目につく。古道具屋をまわって、汚れた頭《ず》陀袋《だぶくろ》を買い求め、音がしないように一枚一枚紙に包んで入れ替え、振り分け荷物にした。胡麻の蠅だって枕探しだって、まさか貧乏浪人が三百両近くも振り分け荷物にしまっているなど思いもよらない。

弥三郎は中山道《なかせんどう》から名古屋、名古屋から伊《い》勢《せ》路《じ》、伊勢から南都《なんと》（奈良）、南都から大坂へという道をとることにして江戸を発った。

途中、道場らしい道場はなかった。あって、「一手、ご指南を」といっても、「当道場は他流との仕合を禁じておりますれば」とほとんどが敬遠した。それもそのはず。たまたま信州諏訪《しんしゅうすわ》の町道場で立ち合うことができたのだが、弱すぎて相手にならなかった。

江戸では神田お玉ケ池、千葉周作の玄武館、九段坂上、斎藤弥九郎《やくろう》の練兵館《れんぺいかん》、八丁堀は浅蜊《あさり》河岸《がし》、桃井《もものい》春蔵《しゅんぞう》の士《し》学館《がくかん》など、名だたる道場で大天狗小天狗が腕を競い合っている。たいした遣い手が揃っている。競い合う相手のいない田舎で多少使えるといった程度では、おのれごときにも歯が立たないのだ。そうと分かって、以降、道場に立ち寄るのは止め、物見遊山の旅に切り替えた。名古屋、伊勢、南都と経由して、大坂に入った。

岩はいった。

「(大坂には)道頓堀とかいう賑やかな盛り場があるそうで、とりあえずそこらをうろうろしている」

岩は道頓堀をどんなところかよく知らなかったのではないのか。道頓堀は江戸一番の盛り場両国広小路《りょうごくひろこうじ》を抜く。そういっても決して大袈裟ではないほど賑やかで、とりあえずそこらをうろうろしているといわれても、探しようがない。それに気が変わって、そもそも大坂にはきていないのかもしれない。探すのはあきらめよう。京を経由して、今度は東海道をとって江戸に戻ろう。

弥三郎はそうすることにして、道行く人に京へはどういけばいいのかを聞いた。

「北の淀川《よどがわ》沿いに八軒屋《はちけんや》という河岸があり、そこから三十石船がでてます。それに乗ると、伏見《ふしみ》まで横になったまま運んでくれます。伏見からは京まで歩いてすぐです」

大坂は食い倒れといわれている町だとかで、美味《うま》い物を腹一杯食い、道頓堀の宿で一泊して八軒屋に向かった。八軒屋の由来は河岸に旅籠屋が八軒あるからだそうで、船は旅籠屋で予約をするのだという。最寄りの旅籠屋を覗いた。

「金毘羅参宮《こんぴらさんぐう》の船の予約を承ります」

と張り紙があり、出発時刻まで記してある。毎日のことのようで、すると上方の人間は毎日大勢が金毘羅さんに押しかけていることになる。

金毘羅さんといえば、虎ノ御門《とらごもん》外にある四国は讃岐《さぬき》丸亀京極《まるがめきょうごく》家の屋敷内に金毘羅さんが勧請《かんじょう》してあり、毎月十日に一般にも開放されて参詣が許される。霊験《れいげん》あらたか、何事であれ願い事をお聞きくださるということで、参詣客は引きもきらないことで知られている。

「おぬしも婿養子が叶いますようにと金毘羅さんに祈願してみてはどうか」

と兄孝蔵から参詣を勧められたことがあったが、どうせ、そんな口などありはしないと決めてかかっていた。足を運んだことはない。

その江戸でも名高い金毘羅さんの本物に参詣する船が八軒屋から出ており、風向きさえよければまる一昼夜で、金毘羅さんへの玄関口、多度津《たどつ》に着くのだという。急ぐ旅でもなし、金毘羅さんに参詣するのも悪くない。ついでに、平清盛《たいらのきよもり》で有名な厳島《いつくしま》まで足を延ばすというのはどうか。さらにもっと足を延ばして、錦帯橋《きんたいきょう》、赤間ケ関《あかまがせき》（下関）、長崎と漫遊を決め込む。そうだ、そうしよう。弥三郎は多度津行きの船を予約した。

日光を見ずして結構というなかれという。しかし、日光参詣にでかけた人の話によると、装飾がごてごてしていて、建物が異様に見えた、評判ほどではなかったということだった。おなじように金毘羅さんも規模がちっちゃくて評判ほどではなく、なんでこんなに人気があって、押すな押すなと人が押しかけているのか分からないというのが長い坂道を上りきって拝殿で手を合わせたときの印象だった。

その日は金毘羅さんの参道にある旅籠屋で一泊し、翌日、多度津に向かった。善通《ぜんつう》寺《じ》というところにさしかかって、なにげなく石作りの道標《みちしるべ》を見た。

「左、伊予道《いよみち》とある」

伊予へつづいている道のようで、茶店で腰を休めて聞いた。

「そこの伊予道は伊予大洲に通じておりますか」

「この道を真っすぐいくと、やがて十五万石の城下町松山に着きます。大洲はその先です」

「厳島へは松山辺りから船がでてますか」

「松山の近くからでてます」

志津の弟神川勝三郎が百五十石で大洲の加藤家に召し抱えられたというのは志津も

いっていたことだし、江戸家老沢村主膳もいっていた。いまとなってはどうでもいいことだが、牝狐の正体を知るこれほどの機会はない。大洲まで足を延ばして弟にそれとなく五十両のことを質してみよう。厳島へはそのあと戻ってでかけることにしよう。弥三郎は足を伊予道に切り替えた。

四

「ひめごぜ、おかえり」

大勢の男の子の叫び声と同時に、

「わあー」

と嬌声をあげて女の子が路地裏から飛び出してきて、蜘蛛《くも》の子を散らすように四方八方に散る。

「ひめごぜ」というのは「姫御前《ひめごぜん》」。つまりお嬢さん。「おかえり」は「お帰り」。大勢の男の子が「お嬢さんのお帰りですよ」と叫んだのだ。

男の子も女の子も競い合うように出口に殺到すると混雑する。そこでレディーファーストならぬ女性優先で、男の子が「ひめごぜ、おかえり」といって女の子を先に帰す。上方以西ではありふれた手習塾の風景だが、江戸にはなく、むろん弥三郎は「ひめごぜ、おかえり」の意味を知らない。

うん？

女の子がでてきた出口の方になにげなく目をやると、

「なんだ。どういうことだ！」

志津がにこにこ手を振って見送っているのだ。志津も弥三郎に気づき、信じられないとばかりに目を丸くする。弥三郎は近づいた。志津はいう。

「追ってこられたのですか」

「でもないが」

と弥三郎はいってつづけた。

「聞きたいことが山ほどある」

志津は取り乱すでもなくいう。

「こんなところではなんです。お上がりください」

男の子も女の子の後を追うように教場を後にして室内は閑散としている。弥三郎と志津は志津の机を挟んで向かい合った。弥三郎は聞いた。

「ここへはどうやって帰ってきたのだ」

志津は首をひねる。

「とおっしゃいますと？」

「婦人は江戸城の奥におられる御留守居の女手形がなければ箱根や碓氷の関所を通ることができぬ」

「女手形なら御屋敷を通していただきました」

「御屋敷のなんという方にたのんだのだ？」

「あなたの知らないお方です。申す必要はないと思います」

「牢をでて田所町の家に帰ると蛻の殻。そこで、加藤家上屋敷の江戸家老沢村主膳殿を訪ねてそなたのことをあれこれ聞いた。そなたはわたしから五十両をもぎとるようにしてふんだくり、上屋敷から大洲表に送るのですといって上屋敷に出向いていき、そこで一夜を明かし、家に帰ってこなかった。そなたによると、主膳殿の奥方様からお夕飯を食していきなさいと勧められ、いただいていると、先殿様の奥方啓松院様から使いがあって、志津がまいっているとか、会いたい云々ということで遅くなって泊まったということだった。そう申したな」

「さよう申しました」

「主膳殿の申されるのに、主膳殿の奥方は七、八年前に亡くなられている。亡くなっている方から夕飯を勧められるなんてことがあるか。啓松院様もそなたを呼んだことはないと申しておられる」

「たしかに、それについては嘘を申しました」

「嘘も方便というが、ただ事ではない嘘だぞ。本当はその夜、どこに泊まったのだ」

「申したくありません」

「いえないようなところに泊まったのか」

「ご想像にお任せします」

「なにイ！」

「いっておきますが不義は働いておりません」

「分かったものではない」

「それではまあ、お好きなようにおとりください」

「主膳殿はこうもいっておられた。そなたの弟御の勝三郎氏はなるほど旧主家に召し抱えられた。だが、それはずいぶん前のことで、五年くらい前になると申しておられた。そなたは、勝三郎がこのほど召し抱えられることになった、御礼として百両を御国家老に送らねばならず、勝三郎から七十両、なんとかなりませんかといってきたから云々といって、わたしから五十両をふんだくった。あの五十両はなにに使ったのだ」

「もぎとるようにとか、ふんだくったとか、人聞きの悪いことを申されますな」

「人聞きの悪いことをしたのだ。それより、五十両をなにに使ったかと聞いておる」

「あのとき、お借りしたこの五十両はきっとお返しいたしますと申しました。お約束したとおりお返しします。ここにはございませんが、のちほどお届けします。今日はどこにお泊まりですか」

「宿などまだ決めておらぬ」

「では、桜屋《さくらや》にお泊まりください。城下の者なら誰でも知っている旅籠屋です。夕刻までにはお届けします」

「わたしが聞いているのはなにに使ったのかということだ」

「それも申したくありません」

「怪しい秘密を持ちながら、そのあとものうのうとわたしと暮らしておった。あのとき、そなたのことを牝狐かもしれぬと思ったがまさに牝狐だ」

「そうかもしれませぬ」

「開き直りか」

「なんとでもおっしゃいませ」

「そもそもだ。わたしが追放とかになったのなら家を畳んでもいい。だが、わたしの罪はまだなんとも決していなかった。そして二月後に無罪放免となった。なのに、さっさと家を畳む。なぜ、そのような不埒を働いた」

「そんなご立派なことをいえるのですか」

「なんだとオ！」

「なるほど、久万五郎さんらの件では無罪になられたようです」

「知っておったのか」

「まだ江戸にいて、女手形が発行されるのを待っていたとき、それとなく耳にしました。そのことはともかく、久万五郎さんらが遠島になりそうだと噂が立ったころ、久万五郎さんを訪ねると、ここだけの話だがと前置きしてこういわれました。弥三郎さんと組んで人様の人別を作ってしまった。これはあからさまにいうと謀書謀判。引き廻しの上、獄門。いまのところ、お上に知られてないようだが、この先、どうなるものか分からないと。そりゃあまあ、驚きますよ。腰を抜かしそうになりました。だけではなく、あなたはなにやかやとおかしなことをなさっていた。正直、申しまして愛想をつかしたのです。もう、この人と一緒に添い遂げることはできないと」

「そうか。愛想づかしされて、そのうえ五十両を返すというか。だったら、もうなにもいうことはない。もともと、そなたのことは男ができて、男と一緒になっていたのだろうと思い、未練を断ち切っておった。これ以上、話すことはない。失礼する」

「後刻、桜屋に五十両をお届けします」

「待てよ。なぜ、五十両という大金をすぐに作れる。なぜだ」

「分かりました。それについては申しておきましょう。申したほうがあなたもすっきりするでしょう。五十両の件は、加藤家家中の方からたってと頼まれたので、あなたに嘘をついて用立てたのです。わたしは、女手形が下りるまで、屋敷内のその方の長屋に住まわせていただいておったのですが、そのお方は、大洲表に帰られるのであれば、なにかと金が入り用になられるであろうといって、五十両を都合して返してくださったのです。わたしはいま弟の家に居候をしており、五十両は手付かずで部屋の手文庫の中にしまってあります」

「わたしは通塩町の弥市店にいた。五十両を返してもらったのなら、なぜすぐわたしに届けなかった？」

「わたしはあなたに愛想づかしをしている。届けると復縁を迫られる。大洲表に帰り、ほとぼりが冷めてから、江戸の山城屋さんに手紙を送ってあなたの居所を聞き、飛脚に頼んでお送りしようと思っておったのです」

「ずいぶんと手間のかかることを思いついたものだが、そなたが五十両を用立てたというのはどこのどなただ」

「これも申しましょう。仕法方で父の下で働いていたお方です。仕法方というのはお金を扱う部署。節季《せつき》を迎えて帳合《ちようあい》すると、五十両ばかり不勘定《ふかんじよう》になっている。とりあえず、どこかから借りて穴埋めをしなければならないということになって、そのお方は父が久万五郎さんと懇意にしていたのを知っていたものですから、わたしを訪ねてきて口を利いていただけないかと申されます。久万五郎さんに口を利いてもいいのですが、お引き合わせするのが面倒なものですから、わたしが直接借りることにして久万五郎さんに掛け合いました。すると、貸して貸せないことはないが弥三郎さんが云々とおっしゃったのです」

辻褄が合わなくもない。

「すると、あの夜、泊まったのはその方の家なのか」

「そうです。奥方もお子もおられます」

「しかし、泊まることはなかった」

「帳面の付け替えによっては、借りなくてすむかもしれない、いましばし、いましばしと引き留められたのです。わたしとしても、できたら五十両を持って帰り、弟のほうはなんとかなりましたといってお返ししたかった。それで、その方の家で、うつらうつらしているうちに夜を明かしてしまったのです」

弥三郎は聞いた。

「愛想をつかしたということだが、いまもその気持ちに変わりはないか」

「ありません、といいたいところなのですが、久しぶりにあなたと話をしていると微妙に心は揺れ動いております」

長崎へいって、それからどうするという当てはまったくなかったが、後戻りして、どこかで田中の岩に出会《でくわ》し、一緒にあちらこちらを暴れまわり、やがては山狩りに遭って獄門台に首を晒す。こういう筋書きになるのではないかとなんとなく思っていた。そういうことなら、志津と撚《よ》りを戻すという手もある。

「ただ」

と志津はいう。

「あなたには江戸から手配書が届いております」

「江戸から手配書？　どういうことだ？」

「江戸の北町奉行所から加藤家の上屋敷に、都築弥三郎なる者が伊予大洲表に立ち寄るようなことがあったら、召し捕って江戸に送ってもらいたいといってきたのです。

江戸家老沢村主膳様から大洲表に、そのような通達があったと弟が申しておりました。なんぞ、また疑われるようなことをなさったのでございますか」

ぎょっと口にこそださなかったが、心底肝《しんそこ》が冷えた。弥三郎はさりげなくいった。

「またなにか冤罪を吹っかけてきたのだろうが、そういうことならすぐにも江戸に戻って、申し開きをしなければならぬ。ゆっくりはしておれぬ。失礼する」

「五十両をお返ししなければなりません」

「あれはもういい。なにかの足しにしろ」

ここは一刻も早く、虎口《ここう》を脱しなければならない。

弥三郎は冷や汗をびっしょり掻きながら志津の手習塾を後にし、走るように道を元にとった。

志津は手配書という奥の手というか決め手を持っていた。だから、適当におのれをあしらい、嘘を並べたのだ。だいいち、江戸にいたとき五十両を返してもらったのなら、山城屋を訪ね、おのれの居所を聞いて返さなければならない。復縁を迫られるのが嫌なら山城屋に託すという手だってあった。それが人の道だ。

志津は五十両など返してもらっていない。誰か、男に違いないのだが、男に用立てたままになっている。それを返してもらって所持しており、宿に届けるといったのは、宿に捕方を送る時間を稼ぐためだ。どこまでおのれを欺けば気がすむのか。

久万五郎は志津に男なんかいれば稼ぐのがやっとのあなたに嫁いだりしなかった、つまり男はいなかったというようなことをいった。

だが、志津と一緒になるのとほぼ時を合わせて、志津に男ができたということはありうる。志津のいう、仕法方で父の下で働いていた男がそうかもしれない。なにかあって志津に金を借りにきて、幼馴染《おさななじ》みなものだから焼《や》け棒杭《ぼっくい》に火がつくようなことになったのかもしれない。その男に女房や子供はいたかもしれないが、ぐらりと心が傾いて、おのれが牢に放り込まれたのをこれ幸いとおのれを見捨ててそっちに走った。大いにありうる。

だがしかし、志津をもらうと心に決めて、もらったのはおのれだ。すべては身から出た錆。そう思ってふっ切るしかない。

待てよ。志津は江戸から手配書が届いているといった。すると、おのれはこれは危ない、五十両を返しにくるのを待てないと考え、大洲表をそそくさと去る。結果、五十両は返さずにすむ。志津がそう十露盤を弾いてのことと考えたのだが、志津はおのれに、早く逃げたほうが身のためですよと暗に教えたのかもしれない。だとすると、鬼の目にも涙。珍しく情けをかけてくれたということなのか。

いやいやあの女はそんな甘っちょろい女ではない。現にしばしば煮え湯を飲まされた。あのあとすぐに家に帰って弟に、実は……と注進し、追っ手が編成され、後を追ってきているかもしれない。急がねば危ない。弥三郎は後ろを振り返り振り返り松山をめざした。

五

南の筆頭与力で年番《ねんばん》与力の植田勘右衛門《かんえもん》は柴田剛平の死に不審を抱いた。剛平が頓死したと届けられ、倅一太郎《いちたろう》の跡目相続の願いがだされ、上役は聞き届けたのだが、植田勘右衛門はそれに待ったをかけた。次席の年番与力に死骸を改めよと命じた。

次席は死骸を改めた。心ノ臓の辺りを四ヵ所も突かれていた。町方の吟味方与力ともあろう者がこのようなおかしな死に方をして、有り金を残らず奪われる。表沙汰にしないで、平穏に家督を継ぎたい気持ちは分からないでもないが、あってはならないこと。見て見ぬ振りをするわけにはいかない。

一太郎と遺族にはいずれ折りを見て南に復帰させる、しばらく我慢をしろと説得して、植田勘右衛門は柴田剛平の死を公にした。そのうえで、北の臨時廻り佐久間伝兵衛に賊を草の根を分けても捜し出せと命じた。

八丁堀に押し込むのだ。ただの押し込みとはわけが違う。怨恨がからんでいる。すると、柴田剛平が扱っていた事件に関してという推測が成り立ち、嫌でも田所町無宿、自称浪人の都築弥三郎が浮かびあがる。山城屋によると、通塩町の弥市店に住んでいるということで弥市店を訪ねた。旅にでるといって引き払っていた。

都築弥三郎は萬屋久万五郎らの事件に関わっていた。手掛かりを得ようと、小伝馬町の牢に、久万五郎を訪ねた。弥三郎がやってきて三両をおいていったという。引き合わせたのは牢屋同心の金田政次郎で、金田は引き合わせ料として五両をいただきましたといった。

牢をでたときは一文なし。女房は姿をくらませている。八両もの金をどうやって工面したのかということになり、賊は都築弥三郎とその一味に違いないということになった。御奉行の名で、八州廻り、韮山の江川太郎左衛門、甲府の勤番支配、それに天領である、山田、大坂、京都、奈良、堺、長崎の各奉行所に都築弥三郎を名指しして、捕縛して江戸へ移送されたいと要望書を送った。ついでに、故郷に帰ったという女房志津の伊予大洲加藤家の上屋敷にも、大洲表にも手配されたいと申し送った。

のんびり旅をしていた間に、包囲網はびっしり敷き詰められていた。いまとなれば、そうなっているだろうことは弥三郎にも容易に想像がつく。こうなれば、田中の岩と合流して、岩と一緒に自爆するしかない。気分としてはそこまで追い詰められたのだが、岩がどこにいるのかとんと見当がつかない。宮川周五郎《みやかわしゅうごろう》と変名を使って大坂に立ち寄り、道頓堀の界隈を四日も、五日もうろついたのだが、岩らの影を見ることはできなかった。

源右衛門の家は三島の宿から御殿場に抜ける脇往還の御宿という村にある。源右衛門はそこで源右衛門の茶屋という茶屋を営んでおり、そこには父親の永左衛門がいる。弥三郎は虎穴に入るような気分で、源右衛門の茶屋を訪ねた。永左衛門がかわって茶屋を営んでいたが、源右衛門についてはまるで消息がないという。

すると、弥三郎の居場所はおのずと限られる。まさにこの時代の大親分、清水《しみず》の次郎長《じろちょう》が本拠をおいていたのは清水ではなく、知多《ちた》半島のとなり、寺津《てらづ》とその周辺である。そこいらも関八州とおなじく、領主（大名）・地頭（旗本）の支配が交錯しており、警察力が行き届かなかったせいで、悪党や破落戸《ごろつき》がはびこっていた。次郎長にとってはそこいらのほうが住み心地がよかったのだ。

知多半島の対岸伊勢路も似たようなもので、伊勢路にも悪党や破落戸がはびこっていた。

弥三郎は戻って伊勢路をうろついた。田中の岩の喧嘩相手は伊豆の大場の久八。伊勢古市で顔を利かせている丹波屋伝兵衛は元は伊豆の住人。女房どうしが姉妹という縁で久八と繋がっていた。その丹波屋伝兵衛に近づけば、田中の岩の消息を摑めるかもしれない。そう考えて、弥三郎は古市に腰を落ち着けた。

伊勢には上方や江戸はいうにおよばず全国各地から毎日およそ五千人の客が押し寄せた。客の多くは男で、旅の男となると女がつきもの。伊勢には常明寺門前町《じようみようじ》、中之地蔵町《なかのじぞうまち》、古市町と色里は三ヵ所もあったのだが、とりわけ古市町は妓楼が七十軒、茶汲み女という遊女が千人もいた。たいした規模の色里だった。丹波屋伝兵衛はそれらの色里三ヵ所を押さえて子分を百人くらい抱えていた。

古市はそんな町で、人の出入りがはげしかったから、誰がどこに住もうが自由勝手で、目くじらを立てる者がいなかった。金はある。弥三郎は小さいながらも一軒家を借りた。

弥三郎はもともと世をすねており、なるようになってお尋ね者になった。以来、なおいっそう、その筋の男の匂いを漂わせるようになって、田中の岩の所在を知るために近づいた丹波屋伝兵衛といつしか昵懇《じつこん》になり、客分の扱いを受けるようになった。

むろん一つには金に不自由をしておらず、その筋の者が金のことになると目の色を変えるのに、弥三郎は金に恬淡《てんたん》としていたことにもよる。そして、何事もなく、残念ながら田中の岩の消息を知ることもなく、というより岩のことなど頭からとうに消えて、十五年、十六年と月日を送った。時は幕末。世情は騒がしかったから、弥三郎を追っかけていた北町奉行所もいつしか弥三郎のことなど忘れ、弥三郎にとっては天下太平の日々がつづいていた。


「周五郎さん」

そんなある日、伝兵衛が弥三郎に話しかける。

「なんでしょう？」

「安濃徳《あのとく》。ご存じだよねえ」

「ええ」

古市のずっと北、「伊勢は津《つ》で持つ」の津の西北方に安濃という在所があり、安濃徳という男が一家を構えていた。

「神戸《かんべ》の長吉《ながきち》もご存じだよねえ」

「もちろん」

長吉も津のすぐ側の神戸という在所で一家を構えていた。二人とも追分《おいわけ》の勇蔵《ゆうぞう》の子分だったが、仲違いして、長吉は伊勢湾の向こう、知多半島の吉良《きら》の仁吉《にきち》という親分を頼って逃げた。吉良はいうまでもない。かの改易になった吉良上野《こうずけ》の旧領だ。たまたま仁吉のところに、大政《おおまさ》をはじめ次郎長の子分二十人くらいが厄介になっていた。だったら、おれらが助っ人して、長吉が在所に帰れるようにしてやろうではないかということになり、総勢二十二人で船を仕立て、四日市《よっかいち》に向かった。

安濃徳のところにもたまたま次郎長とは天敵の甲州黒駒《こうしゅうくろこま》の勝蔵《かつぞう》が子分を連れて厄介になっており、総勢百人くらいがいた。

伊勢路は〈安濃徳・勝蔵〉対〈長吉・仁吉・大政〉という構図で対立し、一触即発となった。

丹波屋伝兵衛は安濃徳の兄貴分である。助っ人してくれないかという安濃徳の頼みに、じゃあ二十人ばかりも送ろうと伝兵衛が応じて、周五郎こと弥三郎にいった。

「二十人ばかり見繕って、安濃徳を助っ人してくれないか」

「いいですよ」

弥三郎は喧嘩支度をして、安濃徳のところへ駆けつけた。仲裁人が入って、何度か喧嘩を止めようとしたのだが、止まらず、荒神山《こうじんやま》で雌雄を決することになった。

安濃徳側を指揮するのは一の子分の門之助《もんのすけ》。

「かかれエー！」

と号令をかけ、火蓋が切られたのだが、門之助は大政にあっさり討ち取られた。清水側はここを先途と攻める。すると、百二十人余もいたというのに、安濃徳側は尻尾を巻いて逃げた。弥三郎はあっけにとられて見ていたが、逃げるわけにはいかない。逃げたら、古市で大きな顔ができなくなる。立ち向かった。

清水側は場数を踏んでいる。喧嘩慣れしている。強い。二人までは怪我をさせたが、弥三郎も深手を負って松の根元に隠れた。

「エイ、エイ、オウー！」

清水側は勝鬨《かちどき》を上げて引き上げる。弥三郎は刀を杖に、山を清水側とは反対方向に下りていった。嫌でも自問自答させられる。

おのれの人生はなんという人生だったのだろう。

約束されていたのは厄介としての人生である。一生を家督を継いでいる兄、兄が死ねば兄の跡を継ぐ甥の高丸の世話になって暮らすしかない。そしていつしか老いさらばえ、高丸の倅や孫に「なんで、あの爺さん、家にいるの？」と不思議がられ、煙たがられて、惜しむ者一人としてなくあの世へいく。

そんな人生を送ったほうがよかったのか。そんなことはない。そんな人生などまっぴらと、背を向け、縁を切ることから、おのれの人生ははじまった。

悪足掻きが過ぎたのかもしれない。たしかに度を越し、足を掬われるように転落し、最後は凶状持ちになって追われる身となった。だが、ほかにどんな生き方があったというのか。なるようになったのだ。そうなる運命だったのだ。

ずきずきと傷が痛む。背中と腰、それに左の股を切られている。足をひきずりながら山を下っていった。

視界が広がる。里に辿り着いた。近くに一軒家があった。

「ご免」

声をかけた。

「なんでっしゃろ？」

女が応対にでる。志津に似た女だ。古市では女を買うことはあっても家に引きずりこんだりしなかった。志津で懲りたのだ。

「水を一杯所望したい」

「待っとくんなはれ」

女は柄杓《ひしゃく》に水を汲んでくる。

ごく、ごく、ごくと飲み干した。疲れがどっとでる。へたりこんだ。同時に意識が薄れていく。

「誰や？」

奥から男がでてきて女に聞く。

「荒神山で安濃徳と神戸の長吉がチャンチャンバラバラをやるということやったから、どっちかの片割れやろ」

男は弥三郎の傷口を見ていう。

「こら、あかん。持たんなア。おや」

弥三郎は無駄遣いをしなかった。用心棒代という稼ぎもあったし五十両ばかりも胴巻にしまっていた。

「これは金と違うか」

といって男は胴巻を抜き取る。

「手触りからして小判のようや。どれ」

胴巻に手を突っ込み、摑んだのを取り出した。

「やはり小判や。ごっつうあるで。五、六十両はあるんと違うか。どないしょう。届けないかんやろうか」

「あほ。もろといたらええんや」

女のその声を聞いたのを最後に弥三郎は意識を失った。

あとがき

本文中、田中の岩こと岩五郎と源右衛門に関する記述は国立歴史民俗博物館教授（当時）高橋敏氏の高著『江戸の訴訟』（岩波新書・一九九六年刊）に書かれている事実を参考にさせていただきました。記して御礼申し上げます。

本書は二〇一五年一月に小社より単行本として刊行されました。

|著者| 佐藤雅美　1941年1月兵庫県生まれ。早大法学部卒。会社勤務を経て、'68年からフリー。'85年『大君の通貨』で第4回新田次郎賞、'94年『恵比寿屋喜兵衛手控え』で第110回直木賞をそれぞれ受賞。主な作品に『手跡指南 神山慎吾』『官僚川路聖謨の生涯』『信長』『青雲遙かに 大内俊助の生涯』『覚悟の人 小栗上野介忠順伝』『十五万両の代償 十一代将軍家斉の生涯』『千世と与一郎の関ヶ原』『戦国女人抄おんなのみち』など。他に『関所破り定次郎目籠のお練り 八州廻り桑山十兵衛』『頼みある仲の酒宴かな 縮尻鏡三郎』『侍の本分』『敵討ちか主殺しか 物書同心居眠り紋蔵』などがある。

悪足掻《わるあが》きの跡始末《あとしまつ》　厄介弥三郎《やつかいやさぶろう》
佐藤雅美《さとうまさよし》

講談社文庫
定価はカバーに表示してあります

2018年1月16日第1刷発行

発行者——鈴木　哲
発行所——株式会社　講談社
東京都文京区音羽2-12-21　〒112-8001
電話　出版 (03) 5395-3510
　　　販売 (03) 5395-5817
　　　業務 (03) 5395-3615

Printed in Japan

デザイン—菊地信義
本文データ制作—講談社デジタル製作
印刷———豊国印刷株式会社
製本———株式会社国宝社

ISBN978-4-06-293831-0

講談社文庫刊行の辞

二十一世紀の到来を目睫に望みながら、われわれはいま、人類史上かつて例を見ない巨大な転換期をむかえようとしている。

世界も、日本も、激動の予兆に対する期待とおののきを内に蔵して、未知の時代に歩み入ろうとしている。このときにあたり、創業の人野間清治の「ナショナル・エデュケイター」への志を現代に甦らせようと意図して、われわれはここに古今の文芸作品はいうまでもなく、ひろく人文・社会・自然の諸科学から東西の名著を網羅する、新しい綜合文庫の発刊を決意した。

激動の転換期はまた断絶の時代である。われわれは戦後二十五年間の出版文化のありかたへの深い反省をこめて、この断絶の時代にあえて人間的な持続を求めようとする。いたずらに浮薄な商業主義のあだ花を追い求めることなく、長期にわたって良書に生命をあたえようとつとめるところにしか、今後の出版文化の真の繁栄はあり得ないと信じるからである。

同時にわれわれはこの綜合文庫の刊行を通じて、人文・社会・自然の諸科学が、結局人間の学にほかならないことを立証しようと願っている。かつて知識とは、「汝自身を知る」ことにつきていた。現代社会の瑣末な情報の氾濫のなかから、力強い知識の源泉を掘り起し、技術文明のただなかに、生きた人間の姿を復活させること。それこそわれわれの切なる希求である。

われわれは権威に盲従せず、俗流に媚びることなく、渾然一体となって日本の「草の根」をかたちづくる若く新しい世代の人々に、心をこめてこの新しい綜合文庫をおくり届けたい。それは知識の泉であるとともに感受性のふるさとであり、もっとも有機的に組織され、社会に開かれた万人のための大学をめざしている。大方の支援と協力を衷心より切望してやまない。

一九七一年七月

野間省一